KB097981

카 프 카 식 이 별

카프카식 이별

초 판 1쇄 발행 2020년 5월 26일
초 판 4쇄 발행 2024년 3월 15일

지은이 김경미
펴낸이 정중모
편집인 민병일
펴낸곳 **문학판**

기획 · 편집 · Art Director | Min, Byoung-il
Art Director | Lee, Myung-ok

등록 1980년 5월 19일(제406-2000-000204호)
주소 경기도 파주시 회동길 152
전화 031-955-0700 | 팩스 031-955-0661
홈페이지 www.yolimwon.com | 이메일 editor@yolimwon.com

ⓒ 김경미, 2020
ⓒ Fotografie: Collet Sterenn p27, p87, p187, p199, p225, p235, p261.
       Kwang Heon Ko p33, p47, p59, p75, p87, p93, p107, p135, p147, p159,
             p173, p195, p215, p255.
ⓒ **문학판** logotype 민병일, 2020
Printed in Seoul, Korea

ISBN 979-11-7040-025-7 03810

문학판 은 열림원의 문학 · 인문 · 예술 책을 전문으로 출판하는 브랜드입니다.

문학판 의 심벌인 '책예술의 집'은 책의 내면과 외면이 아름다운 책들이 무진장 숨겨진
정신의 보물창고를 상징합니다.

이 도서의 국립중앙도서관 출판예정도서목록(CIP)은 서지정보유통지원시스템
홈페이지(http://seoji.nl.go.kr)와 국가자료공동목록시스템(http://www.nl.go.kr/kolisnet)에서
이용하실 수 있습니다. (CIP제어번호: CIP2020020004)

이 책에는 서울시 마포구에서 만든 'MAPO 금빛나루' 서체를 사용하였습니다.

카프카식 이별

김경미 시집

문학판

매일 한 편의 시를 쓴다는 것은

클래식 FM 라디오 프로그램인 〈김미숙의 가정음악〉 원고를 쓴 지 두 달쯤 되던 2018년 7월의 어느 토요일 아침. 생방송이 25분쯤 남은 상태에서 진행자인 연기자 김미숙 씨로부터 문자가 왔다. 주말 방송은 보통 하루 이틀 전에 녹음하는데 그날 그녀는 생방송을 위해 스튜디오에 나와 있었다. 문자 내용은 아침 날씨가 너무 눈부시고 아름다워서 그러는데 혹시 오프닝을 좀 바꿔줄 수 있느냐는 것이었다. 그 무렵 주말 오프닝에는 시인들의 시를 하나씩 골라서 보내곤 했다. 베란다에 나가서 보니 그럴 만했다. 다른 얘길 하기엔 너무 눈부시고 아까운 여름 아침이었다. 그런데 미안하게도 그 날씨에 딱 맞는 시가 바로 떠오르질 않았다. 라디오작가 수십 년째라면 이럴 때 바로 내놓을 또 다른 자료가 있어야 하는데. 라디오 진행 베테랑인 김미숙 씨도 그래서 믿거니 부탁해본 걸 텐데…… 미안했다. 결국 컴퓨터 켜는 데만도 5분쯤을 쓰고 난 뒤 시계를 보면서 결정해버렸다. 차라리 내가 직접 쓰자. 명색이 시인이니.

그날부터 토, 일요일 오프닝시를 직접 썼다. 2019년 3월부터는 아예 일주일에 7편씩 매일 쓰다가 주말마다 별도의 진행자와 작가가 오면서 현재는 평일 닷새만 쓰고 있다. 처음엔 '심유리' 같이 최대한 기존 시인 이름과 겹치지 않는 가명으로 방송했다. 내 이름으로 시를 낼 자리도 상황도 아닌 데다 '매일 한 편의 시를 써서 발표(?)'한다는 게 나 자신한테부터 터무니없이 느껴져서였다.

그러다 처음으로 '제인 퍼듀'라는 외국인 가명으로 시를 내보낸 날이었다. 그날따라 아무리 인터넷에서 시와 시인을 검색해도 안 나온다는 청취자들의 성화가 유난했다. 마침내 어느 한 분이 자신의 블로그에다 받아 적어놨다고 하는데 그 성의가 정말로 고마우면서도 아차, 겁이 났다. 잘못하면 나중에 내가 '제인 퍼듀'나 '심유리'의 시를 표절한 걸로 오해받을 수도 있을 것 같아서였다. 즉시 사실을 밝히고 그 후론 '가정음악을 위한 시'라는 제목으로만 시를 내보내고 있다. (잠시나마 가명 쓴 점, 죄송합니다.)

그러나 그 사건 아닌 사건 말고 내가 직접 시를 쓰기로 한 가장 큰 이유는 사실 저작권료 때문이었다. 매일 방송되는 라디오 프로그램들에서는 시인들의 시를 인용해도 아직 저작권료를 지불하지 못한다. 항의하는 시인도 거의 없다. 나간 줄도 모르는 경우가 대부분일 테니. 같은 시인으로서 그게 늘 미안하고 불편했다. 그렇다고 김미숙 씨의 뛰어난 낭송 실력도, 시 형식을 갖춘 시간을 포기하기도 아까워서 차라리 직접 쓸 용기를 낸 것이었다. 그 용기에 대해 시전문잡지인 《포지션》에도 기행문 형식으로 쓴 글이 있는데 약간 수정해 여기에 옮겨본다.

혼자 프랑스의 브르타뉴와 노르망디 쪽을 여행 중이다. 파리에서 TGV 기차로 두 시간 반 거리의 렌에 도착한 뒤 오늘은 텅 빈 버스를 타고 디나르엘 왔다. 디나르는 생말로가 유명해지자 사람들이 조용함을 찾아서 다시 옮겨왔다는 생말로 맞은편의 고즈넉한 바닷가 도시다. 맑은 날엔 생말로

6

가 바다 건너에 보인다고 한다.

버스에서 내리자마자 동네 평범한 레스토랑에서 점심으로 브르타뉴의 대표 음식인 갈레트와 성악가 넬리 멜바를 위해 만들어진 수제 아이스크림 '피치 멜바 아이스크림'을 먹고 입술이 새파래져서는 사람 거의 없는 겨울 바닷가를 걸었다. 거센 파도가 꽤 높은 산책로까지 금세라도 넘어들 것 같았다. 문득 요즘 쓰고 있는 '두 트랙'(이라고 쓰고 자꾸 '두 트럭'으로 읽는다) 시가 떠올랐다. 그중 방송 프로그램을 위해 쓰는 '오프닝시'는 '청취자 대중'과 '아침 시간'을 의식하면서 매일 한 편씩 써서 방송에 내보내는 '일일시'다. 듣는 동시에 바로 날아간다는 점 때문에 안심하고 써온 시. 그동안 시인으로서 써온 '문예지 발표시'들과는 완전히 다른, 서로의 트랙을 넘나들거나 섞일 일은 절대로 없을 거라고 장담했던. 동료 시인들이 알면 터무니없는 시의 남발이

자 대중에의 영합이라고 조롱만 할 거란 생각에 (사실 아무도 관심 갖지 않을 텐데도) 혼자 숨어서 쓰듯 썼던 시였다.

그런데 그렇게 매일 한 편씩 쓴 시들이 넉 달, 다섯 달을 지나 한 트럭, 두 트럭 쌓여가자 뜻밖의 생각 변화가 찾아들었다. 시적 치열함에 대한 새롭고도 진지한 감동이랄까. 채 숙성할 시간도 없는 더없이 가볍고 풋내 나는 경거망동의 시작詩作이 오히려 유례없이 울창하고 무성한 시의 숲을 거니는 것 같은 묵직함으로 다가왔다. 푸릇한 문학청년으로 색다르고 정직한 또 다른 시의 바다에 손끝을 담그는 것 같은 설렘도 찾아들었다. 미련스럽고 억지스러우면서도 어딘지 사랑스럽고 애틋한 경쾌함, 그래서 어디 한번 해보자고 손쉽게 달려들다가 뒤로 나동그라지는 굴욕감, 그 굴욕감이 가져다주는 겸허함. 매일 아침마다 공책 한 권 옆에 끼고 과거급제 시험장이나 백일장 현장으로 즉흥시 쓰기 시험 보러 나가는 것 같은 성실과 인내에의 흐뭇함, 그렇게 오가는 길이 만들어주는 시적 근육의 느낌이 다 새로웠다. 그동안 철저히 구분해왔던 '본격시'와 '대중시'란 두 트랙(두 트럭!)의 시들이 서로 범람하고 넘나들면서 시가 내게 새로운 말을 건네는 것 같았다.

그렇다고 시인으로서 '오프닝시' 같은 시만을 쓸 생각은 없지만 시에 대한 생각이 훨씬 유연해진 게 사실이다. 그래서 그 한쪽 트럭의 시를 이렇게 책으로 묶어낼 용기도 생겼다. 내친김에 방송에서 시낭송 후 덧붙였던 오프닝멘트까지 그대로 넣었다. 그 멘트들이 시를 설명함으로써 시 읽기의 독자적인 감흥과 상상력을 훼손하지 않을까 걱정도 됐지만 상상력은 수학책이나 제품 사용설명서 같은 데서도 자극될 수 있는 것이니까, 하면서 넣었다.

듣는 것과 읽는 건 또 다른 일이어서 시도, 덧붙이는 글도 많이 고치긴 했다. 그동안의 내 시를 읽고 '어려워요' 했던, 앞으로도 그렇게 말할지 모를 독자들에겐 이 시들이 내가 지었던 방송 코너 제목 '가볍지 않게, 무겁기 않게'처럼만 읽히면 좋겠다.

고마운 분들이 많다. 이 시집이 최소한 경거망동의 망둥이 짓이란 부끄러움에서 벗어날 수 있게 해준 김화영·유성호 평론가 두 분과 김민정 시인. 진행자 김미숙 씨와 김영동·김혜선 피디들께 무한한 감사를 전한다. 민병일 시인이자 문학판 출판사 대표, 그의 기획과 감각과 재촉이 아니었으면 이 책은 없었을 거다. 늘 한결같은 지지를 보내주고 이번엔 직접 찍은 사진도 내어준 H와 B, 스테렌 콜레에게도 감사를 전한다. 무엇보다 애청자분들. 그분들의 응원과 기다림이 이 책의 첫 동력이었다.

창밖으로 환하게 핀 산벚꽃을 보니 '오프닝시'를 직접 쓰게 된

계기가 됐던 여름날의 눈부신 날씨와 김미숙 씨의 문자가 다시 생각난다. 올해도 그런 날씨가 다시 찾아오리라. 온 세상이 겪어보지 않았던 역병의 시간을 보낸 뒤에 맞는 그 날씨는 얼마나 더 눈부시고 눈물겨울지. 그 날도 그 눈부신 하늘과 구름을 올려다보면서 그에 맞는 새로운 시를 또 15분 만에 쓰게 되려나.

2020년 5월에

김경미

차
례

1장　그들의 식사

2장 그대를 잊으니 좋구나

3장 사람은 엄지발가락의 힘으로 산다

4장 낡은 구두를 버리다

그들의 식사

직박구리 새들 벚나무 위에서 목련꽃 먹고
사슴들 땅 위에서 벚꽃잎 먹는다

봄에 꽃들은 세 번씩 핀다

필 때 한 번
흩날릴 때 한 번
떨어져서 한 번

나뭇가지에서 한 번
허공에서 한 번

바닥에서 밑바닥에서도 한 번 더

봄 한 번에 나무들은 세 번씩 꽃 핀다

❖

사실 생방송에 건넨 원고는 '봄에 꽃들은 두 번 핀다/꽃 필
때 한 번/꽃 져서 한 번'이었습니다. 그런데 방송 나간 다음
날 길 가다가 허공 가득 벚꽃 휘날리는 것 보고는 아차 싶었
습니다. 그래서 세 번으로 바꿨습니다.

이래서 방송 나갈 때 시를 녹음하거나 인터넷 블로그 등에
옮겨 적는 청취자분들의 성의가 고마우면서도 걱정스럽죠.

방송에 내보낸 시도 그렇지만 문예지에 발표한 시도 시집
으로 묶을 때는 다시 고치기도 합니다. 누군가는 시를 더는
고치지 않기 위해 시집으로 묶는다는 말도 합니다.

그러나 세 번을 네 번으로 고치는 일은 없을 겁니다.

봄 한 번에 세 번씩 꽃을 피우는 나무들. 그중 떨어져서 길
을 물들이는 바닥의 꽃들이 제일 아름답고 힘이 되는 날도
있습니다.

21

7월 7일의 한국 구름

헤르만 헤세는
'나보다 더 구름을 사랑하는 사람이 있으면
나와보라!'고 했다

오늘 우리나라 전 국민들 다
여기 있습니다!
손 들고 나와 서겠다

흰 도자기 같은 한국
한국 같은 구름들
구름 같은 한국인들

모두 다 손 번쩍 들고

헤르만 헤세는 소설 『페터 카멘친트』에서 주인공의 입을 빌려 이렇게 구름을 예찬했습니다.

　"이 넓은 세상에서 나보다도 더 구름을 잘 알고 나보다도 더 구름을 사랑하는 사람이 있다면 나는 그 사람을 만나보고 싶다. 혹은 구름보다 더 아름다운 것이 있다면 그것을 나에게 보여다오."

　고등학생 땐가 읽은 소설책엔 이 구절이 '나보다 더 구름을 사랑하는 사람이 있으면 나와보라!'로 번역되어 있었습니다.

　그 후로 더없이 아름다운 구름을 보면 언제나 그 번역문장과 함께 '나와보라!'고 자신만만해하는 헤세의 모습이 떠오르곤 합니다.

　그런데 7월 7일, 오늘의 저 하늘과 구름을 보면 헤세도 한국인들 뒤로 한 발짝 물러설 겁니다. 심지어 가을하늘도 오늘은 여름구름을 구경나왔을 것 같습니다. (여름하늘과 여름구름이 가을하늘 못지않게, 때론 훨씬 더 아름답다고 생각하는 건 저뿐일까요?)

　토요일이지만 늦잠 자는 사람들 다 흔들어 깨우고 싶은, 빨리 나와서 구름 좀 보라고 창가로, 밖으로 불러내고 싶은 날씨.

　저런 구름이 있는 오늘의 인생은 그것만으로도 완벽히 아름답고 눈부십니다.

나이 계산법

한국에서 나이는 음식처럼 '먹는 것'이고

영어에선 'I am 2 years old'
태어나자마자 '늙는 것'이고

불어와 스페인어에선
'난, 서른 살을 가졌다, 난 마흔 살을 가졌다,'
옷이나 화분처럼 '갖는 것'이고

아프리카 한 원주민들에게 나이는
'나는 서른 번쯤의 발을 가졌다'
맨발을 '보여주는 것'

시인에게 나이는

'상처에 대한 스물두 가지의 직책을 갖는 것'
'서른다섯 번째 비를 맞는 것'
'마흔일곱 번의 밤기차를 타는 것'

매번 다른 기준을 만드는 것

오늘의 내 나이는

은행잎 같은 맨발을 내밀며

세상의 첫 번째 공기를 다시 한번 '호흡하는 한 살'

　시인만 그러는 건 아니겠죠. 누구에게나 나이에 대한 자기
만의 진행기준과 감각이 있겠죠.

　그래서 스물여덟 살이지만 마흔 살 '먹은' 마음을 보내는
사람도 있고 서른 살인데 스물두 살을 절대 안 넘겠다며 '맨
발'을 절대 안 보여주는 사람도 있겠죠. 오십대인데 아직도
열 살을 '갖고' 사는 사람도 있겠구요.

　실제 나이에 상관없이 요즘은 몇 살의 나이를 '먹거나 갖
거나 보여주고 울고' 계신지요.

봄의 공중전화

아무도 드나들지 않는 텅 빈 공중전화
들어가 동전 넣고 전화 건다

전국의 공중전화들 모두 다 울리리라

달려와 그 전화 제일 먼저 받는 사람
누가 됐든
평생 인연 삼으려는데

벗나무가 받았나

수화기 안에서 벚꽃잎들
우르르 쏟아진다

❖

공중전화부스 앞의 긴 줄 맨 끝에 서서 초조한 마음으로 줄이 빨리 줄어들기를, 앞사람의 통화가 빨리 끝나기를 기다려본 기억이 혹시 있으신지요.

그 기억 때문에 한동안은 텅 빈 공중전화를 보면 무조건 들어가서 누구에게든 전화를 걸어야 할 것 같았습니다.

이젠 공중전화를 사용했다는 사실조차 낯섭니다. 길에서 어쩌다 마주치는 공중전화부스도 무용지물의 버려진 폐공간 같아 보입니다.

유럽에선 그곳을 미니도서관이나 물고기들이 노니는 어항으로 바꾸기도 한다고 합니다. 영국의 어떤 마을에선 그곳을 아예 지구상에서 가장 작은 미니펍으로 바꿨죠. 딱 한 사람만 맥주를 마실 수 있는 그 일인용 펍에서 술 한잔 마시고 싶어하는 마을 사람들이 많아 공중전화 펍 앞에는 늘 길게 줄이 이어진다고 합니다.

그렇게 줄 선 김에 서로 안부 인사도 나누고, 이런저런 얘기와 마을 정보도 나누니 무용지물의 공중전화가 오히려 직접대화기 역할, 사랑방 역할을 하는 셈이랄까요.

우리의 공중전화는 앞으로 어떻게 변할지 궁금합니다.

세상에서 가장 아름다운 질문

아주 조금 후원금 보내는 아프리카 마을에서
소년의 감사편지와 사진이 왔다

초록빛 편지지엔 아이의 가족관계며
학교에서 배우는 과목 이름과

이런 오지선다의 질문이 있었다

'우리 마을에 오면 맡을 수 있는 냄새를 고르세요'
① 꽃향기
② 비 올 때 나는 냄새
③ 비누 냄새
④ 음식 냄새
⑤ 그 외

아프리카 아이는 그중 '꽃향기와 비 올 때 나는 냄새'
두 가지에 동그라미를 쳤다

아아 나는 넋이 나갔다
이런 서정시 쓰는 마을이
지구의 계관시인이지

지상 최고의 원고료를 주어야 한다

아프리카 소년이야말로
나의 후원자
편지라는 대륙을 자꾸 코에 갖다 댔다.

　월드비전이란 곳에서 보내준 아프리카 소년의 편지 속에
있던 질문과 답이었습니다. 소년은 그 아름다운 질문과 답에
이렇게도 덧붙였습니다. "우리 마을엔 비누 냄새, 음식 냄새
는 없지만 저는 학교에 갈 수 있어서 너무 신납니다."
　그 마을, 그 아이들이 지구인들 전체를 후원해주는 위대한
후견인들이란 생각이 들었습니다. 우리의 소년, 소녀들은 비
누 냄새, 음식 냄새, 새 가방, 새 학용품 냄새는 맡을 수 있어
도 꽃향기, 비 냄새 맡을 시간은 없는 게 아닐까……
　안타까움 속에서 양쪽이 가장 알맞고 아름답게 합해진 삶
은 불가능할까…… 세상에서 가장 아름다운 편지 대륙을 한
참 들여다봤습니다.

이십칠 년 차 조향사의 꿈

햇빛 좋은 날이면 어머니는
잘 마른 이불 홑청을 활짝 펼쳐놓고
대바늘로 가장자리를 꿰맸다

그 위를 우리 남매는 구슬처럼 깔깔 굴러다녔다

그날의 햇빛 냄새와 홑청 냄새를
꼭 만들어보리라
향수 만드는 조향사가 됐는데

만들 날
머지않았다

돌아가신 어머니,
꿈에 자주 나타나
잘 마른 이불 홑청 펼쳐놓고
그날의 그 굵은 실과 바느질
자주 보여주시니

그 향수 나오면 저도 제일 먼저 사고 싶습니다.

그 향수 뿌리면 햇빛 냄새 가득한 잘 마른 이불 홑청 위를 마냥 깔깔대며 다시 구슬처럼 굴러다닐 수 있겠죠. 그러다 홑청 속으로 들어가는 바람에 엄마에게 다시 혼났으면 좋겠습니다.

엄마. 혼내려라도 꿈에 더 자주 오세요.

오후 두 시 반의 하이파이브

혼자 리본파스타 먹으러 간 오후 두 시 반의 레스토랑

대각선 테이블의 유일한 여자 손님 두 명
자매인지 친구인지
맥주 마시며 얘기 나누다가

때때로 한 팔 높이 뻗어서 하이파이브를 한다

축구시합의 득점 세리머니 같은
하이파이브를.
한 번이 아니라 몇 번이고 계속.

리본파스타나 할라피뇨보다 더 이국적인 풍경

무슨 신나고 재밌는 일인 걸까
얼마나 좋은 사이인 걸까
모름지기 저렇게 살아야 하는데

오후 두 시 사십오 분의 레스토랑에서 배운
인생 동작 하나

나도 누군가와 손을 겹쳐보고 싶었다 하이파이브

❖

두 사람이 서로 한 손, 다섯 손가락을 부딪는 건 하이파이브, 두 손, 열 손가락을 모두 부딪는 건 하이텐이라 한다고 합니다. 두 여성의 하이파이브는 이미 자주 해왔던 듯 호흡도 잘 맞고 자연스러웠습니다. 그녀들이 참으로 당당하고 따뜻하고 아름다워 보였습니다. 신선한 충격이었습니다. 맥주잔 앞에 놓고 한번 따라해보고 싶은 인생 동작. 그러려면 먼저 그걸 받쳐줄 만한 기쁘고 신나는 일과 친구가 있어야겠죠.

낭비

신지도 못할 치수의 구두를 산 적이 있다

입지도 못할 치수의 옷을 산 적이 있다

기다리지 말아야 할 치수의 시간을
기다린 적이 있다

커피집이 아니라 인생이

그만 문을 닫을 시간이니

나가달라는 것 같은 치수의 시간을

❖

　심리학자들에 의하면, 자기 사이즈가 전혀 아닌 사이즈의 옷이나 신발을 사는 것도 '심리 이상'의 한 증거라고 합니다. 기다리지 말아야 할 옛 연인을 이해가 갈 만한 시간보다훨씬 오래 기다리는 것도 '사랑의 정도' 문제가 아니라 '심리이상', 없애지도 못할 추억을 없애려고 더 자주 추억하는 것도 심리 이상일지 모르겠습니다.

물꽃들

여름엔 물이 꽃이다
물 찰랑대야 꽃이다

보라색 하루살이 물달개비,
흰색 하트 무늬 물배추
앵무새 깃털의 물채송화,

물질경이와 물양지 물수선화

노랑물봉선같이

이름에 물이 찰랑대야 여름이다

물이 악기인 여름에는

❖

물 좋아하는 식물이라면 '연꽃이며 수련, 개구리밥, 부레옥잠' 같은 수초들이 먼저 떠오릅니다. 수초가 아닌데도 이름에 '물'이 들어갈 정도로 물 좋아하는 식물도 많습니다. '물달개비, 물배추, 물채송화, 그리고 물수선화며 물봉선……' 모두 이름대로 물 좋아하고 그래서 물 흔한 여름에 핍니다.

그 꽃 이름들 들여다보자니 사람에겐 없을 것 같은 '물씨' 성을 아는 이름들 앞에 얹어보게 됩니다. 물경미…… 물정혜…… 물민석…….

언제부턴가 이름 앞에 '물'을 얹는다든지 물로 본다는 말은 소신이나 존재감이 너무 없는 사람을 뜻하거나 그 사람을 얕잡아보고 무시하는 말로 쓰이죠.

그러나 물꽃 이름들을 들여다보고 있어설까요. 이름 앞에 물씨 성을 얹자 그 이름을 바라보는 마음도 그 사람들도 더없이 순하게 맑아지는 듯합니다.

장갑이라는 새

생각과는 다른 연애를 세 번 하고 나니
이십대가 다 갔다
사표를 네 번밖에 안 썼는데 이십대가 다 갔다

다섯 번째 이사하던 날

짐 다 끌어낸 허름한 한 칸 빈방이
내 이십대의 전부 같아서,
다가올 내 서른 살의 예고 같아서
눈물 와락 쏟아지는데

구석에 떨어져 있는 장갑 한쪽

아끼는 장갑이었는데
한쪽 사라져 속상하더니 옷장 뒤로 숨었었구나

가서 집어드니

내 손이 내 손을 훌쩍 잡아 일으킨다

두 손에서
새 두 마리 훨훨 날아오른다

✧

　이십대에 벌써 모든 걸 다 이룬 것 같은 사람들도 많은데, 나는 연애도 실패, 시험도 실패, 직장도 가는 곳마다 이상한 곳들뿐입니다. 다섯 번을 이사하는 동안 몸 누이던 공간도, 넓어지기는커녕 점점 더 줄어들다 못해 아예 없어져버릴 것만 같습니다. 자꾸 누군가가 일부러 발을 걸어 넘어뜨리는 것 같습니다. 삼십대도 이런 삶이 이어질까봐 겁이 납니다. 눈물이 납니다.

　그러나…… 그래도…… 다시 일어나야겠지요. 하다못해 아끼던 장갑 한쪽 발견한 것으로도 힘을 내면서 주저앉은 나에게 내 손 내밀면서 어떻게든 일어나야겠지요. 그러노라면 장갑이 새가 되어 내 인생 날아오르게 할 날도 있지 않을지요…….

루마니아엘 가면 알게 된다

루마니아는 드라큘라의 나라라는데
절벽 위 낡고 음산한
성안에서 갑자기 나타나 목을 문다는데

대단한 노을 지는 저녁
낙엽 지는 가로수길의 버스정류장
옛날 내 외할머니처럼 보자기 머리에 쓰고
루마니아식 허름하지만 푸근한 웃음의 할머니

서로 알아듣지 못하는 제 나라말만 하는데도
끝없이 얘기가 이어지는 루마니아식 대화

달큰한 사탕 하나 주고
갑자기 목을 물었나

아무래도 목이 울컥하고 눈가가 시큰해지는
루마니아식 드라큘라

루마니아엘 와보면 알게 된다

드라큘라는
아무나 피를 나눈 가족처럼 따뜻해지다가 생긴

소문일 뿐

지구상에는 한국식 할머니만큼
루마니아식 보자기 쓴 할머니도 있다

❖

　루마니아를 여행한 적이 있습니다. 구동구권의 가난한
나라, 드라큘라가 유명한 나라란 점 때문에 음산한 느낌을
갖고 출발했었죠. 11월이어서 그런 느낌이 더욱 강했을 겁
니다.
　그런데 어느 날 더없이 붉고 장엄한 저녁노을을 봤습니다.
너무도 아름답고 벅찬 저녁노을이어서 왜 이 저녁노을 풍경
이 소문이 안 났지? 그 노을 밑을 무심한 듯 오가는 보자기
쓴 할머니와 낡은 점퍼 입은 아저씨들이 드라큘라로 잘못 소
문난 거 아닐까? 싶었습니다.
　그 무심한 듯 보이던 보자기 쓴 할머니와 잠시 애기를 나
누게 됐는데 영락없이 시골 가면 버선발로 뛰어나오시던 외
할머니였습니다. 인정 넘치는 웃음에 사탕 하나라도 쥐여주
려는 따뜻한 손길…… 서로 한마디도 알아듣지 못하는데도
한참을 정감 어린 대화를 나눈 것같이 든든해졌습니다.
　돌아가면 나도 누군가에게 이렇게 다정해야지……
　그리고 저 붉은 저녁노을을 보러 꼭 다시 와야지……
　할머니에게 마음을 물린 것이었습니다.
　무슨 애긴지 루마니아엘 가면 알 수 있습니다.

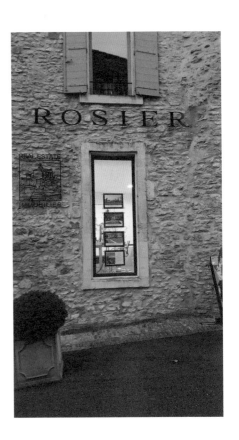

그들의 식사

직박구리 새들 벚나무 위에서 목련꽃 먹고
사슴들 땅 위에서 벚꽃잎 먹는다

먹어도 먹어도 질리지 않나

봐도 봐도 질리지 않는다

심심하면 인터넷에 있는 목련꽃 먹는 직박구리 영상 틀어 놓고 구경합니다. 사슴들 벚꽃잎 먹는 건 여행 가서 한참을 구경한 적도 있습니다.

목련꽃을 한의학에서는 신이화辛夷花라고 한다고 합니다. 그 '신' 자, 뜻밖에 매울 신辛입니다. 목련꽃, 신이화는 '매운 꽃봉오리'란 뜻이죠.

새들도 매콤한 걸 좋아하는 걸까요. 목련꽃 떨어진 거 주 워서 살짝 입에 대보고 싶어집니다.

사슴들이 점박이 무늬를 가지게 된 게 혹시 벚꽃을 먹어서 가 아닐까, 길바닥에 떨어진 벚꽃잎들이 사슴의 점박이무늬 같아 보입니다.

쿵쾅쿵쾅

'쿵쾅쿵쾅'

컴퓨터 자판으로 빠르게 치면
쿵쾅콕콕 쿵콩공공 쿵팍콩쾅 쿵쿠강오……
한국인의 90퍼센트가 오타를 낸다는 단어

'쿵쾅쿵쾅'

짝사랑하는 사람 다가오면
90퍼센트 이상한 오타가 되어
심장 밖으로 어디로
사방으로 튀어나간다는 단어

갑자기 짝사랑하는 남자의 머리카락 한 올을 수첩에 넣어 갖고 다녔던 친구가 생각납니다. 전혀 그런 식의 그로테스크한 집착을 하지 않을 것 같은 친구여서 짝사랑에 일가견이 있던 저도 충격을 받았었죠…….

짝사랑하는 사람 앞에 서면 말 한마디 제대로 못 하던, '쿵쾅쿵쾅'의 오타가 수시로 잦고 요란하던 시절이 그리운 아침입니다.

착오

'2020년'인데 자꾸 '2019년'이라고 쓴다
돌아가고픈 추억들 많지만
다가올 미래가 더 궁금한데

'3월'도 자꾸 '2월'로 쓴다
그달로는 돌아가고 싶지도 않은데

약속도 다음 주 목요일인데
이번 주 목요일의 찻집에서 기다린다

고흐의 「별이 빛나는 밤에」도 '1889년작'인데
자꾸 '1989년작'으로 쓴다
첫 시집 냈던 그해 심정이 고흐였다는 건지

에밀리 브론테의 1818년도 자꾸
에밀리 디킨슨의 1830년으로 쓴다
나를 자꾸 1918년생 박경미냐고 묻는 사람처럼

터무니없이 오래는 살고 싶은 건지
'2020년'을 자꾸 '2220년'이라고 쓰면서

❖

 연도나 달은 바뀐 숫자에 금세 적응이 잘 안 되죠. 저
는 원래 숫자에 약한 데다가 방송원고를 늘 오늘 날짜보다
2~3일, 때로는 일주일도 앞당겨 쓰다 보니 더 심한 편입
니다.

 한번은 다음 날 약속인데 멀쩡히 오늘로 알고 서울에서 평
촌까지 열심히 지하철 타고 간 적도 있었습니다.

 일상에서만이 아니라 방송원고에서도 고흐의 「별이 빛나
는 밤에」 같은 유명한 예술작품의 제작연도를 앞 두 자리나
뒤쪽 숫자 바꿔버리는 실수를 많이 합니다.

 요즘 같은 때는 그런 실수 하면 바로 인터넷 게시판에 지
적하는 댓글이 올라오는데 작가만 믿고 무심코 지나쳤을 피
디와 진행자에게 정말 미안해집니다.

 그렇게 숫자에 약하다면서 고의인 듯 '2020년'을 '2220
년'으로 쓰고는 그때도 살아 있다면 대체 몇 살인가, 그때의
세상과 지구는 어떨까, 헤아려보기도 합니다.

 어떤 면에서의 세상은 절대 잊을 수 없을 만큼 신기하고
아름다운 곳이니까요.

월급쟁이 담쟁이

담쟁이는 한자로 조薦
풀 초(艹)에 새 조鳥가 합해진 글자
새 같은 풀

높은 축대 뒤덮은 그 새들

아침 출근 때는 날개 달고 계단을
열 칸 스무 칸도 뛰어오르는데

저녁 퇴근 때는 이마가 구두에 닿을 듯
있어도 없고 없어도 있는 유령들

샐러리맨 담쟁이들

❖

    작년 여름 한 기업의 임원 모임에 시낭송을 간 적이 있었습니다. 강의장 형태의 자리가 아닌 호텔 결혼식 자리 같은 둥근 테이블 몇 개에 나눠 앉아서 진행된 시낭송 자리였는데 제 테이블에 앉은 임원분들은 다들 유머 감각이 뛰어났습니다. 그중의 한 분은 시까지 간간이 쓰신다는데 그분이 무슨 얘기 끝엔가 이런 말씀을 하셨습니다.

    "제가 출퇴근 때 매일 남태령을 지나는데 거기 큰 축대에 능소화가 아주 많이 피어 있어요. 그런데 출근할 때 보는 능소화와 퇴근할 때 보는 능소화 모습이 완전히 달라요. 그걸 시로 쓰고 싶은데 어떻게 표현을 못 하겠어요."

    속으로 깜짝 놀랐었습니다. 저는 출퇴근에서는 자유로운 프리랜서지만 매일 정해진 분량의 일을 무슨 일이 있어도 해야 한다는 점에선 저 역시 샐러리맨과 다를 바 없습니다. 그리고 집에서 일할 때도 많지만 주로 출퇴근하듯이 도서관이나 카페엘 갈 때도 많죠. 그때마다 들고 나면서 높은 축대의 담쟁이들을 보게 됩니다.

    그런데 아침에 나갈 때 보는 아파트 담벼락의 담쟁이와 저녁에 집에 올 때 보는 담쟁이의 느낌이 참 많이 다릅니다. 아침엔 생생하고 뭔가 기대에 찬 모습이지만 저녁엔 하루 치 노동과 삶에 좀 지친 모습이랄까요……

    그래서 그걸 시로 써야지, 생각하고 메모해두었는데 비슷한 시상을 갖고 계신다니 놀랐죠. 선생님은 이미 시인이시네요, 소리가 절로 나왔었습니다. 그러지 않으리란 법이야 없지만 시적인 감성을 갖고도 대기업 임원이 되셨다는 게, 대기업 임원인데도 여전히 시적인 감성을 갖고 계신다는 게 존경스럽기도 하고 고맙기도 했습니다.

무거운 여행

여행가방에는 공기 같은 가벼운 옷과 설렘만 챙긴
다지만
나는 가장 무거운 어둠만 골라서 챙긴다

매일 오르내리는 시내버스 발판의 어둠
혀를 삭히는 회사 월급의 어둠

계산기를 두드리고 난 뒤의 어둠
주저앉아 일어나지 못하는 어둠
좀처럼 상처 낫지 않는 어둠
꾸역꾸역 참은 어둠
웃어본 일 오래된 어둠

무거워 떠날 수 없을 만큼 챙겨 넣고

낯선 곳에 당도하면
그 어둠들 하나씩 꺼내어 판다

처음 보는 길과 골목과 구름을
살 수 있고
처음 보는 공기와 나뭇잎들,
바닷가 모래와 커피집도 살 수 있다

양털을 닮은 사람들에게는 밥도 살 수 있다

마지막 하나까지 다 팔고 나면

새들이 뼈 속을 비워 날게 되듯
다 비워진 가방에도
두 개의 날개가 돋아

그 날개 타고 비로소
설레며 집으로 날아올 수 있다

'여행'은 '이곳' 혹은 '이것', 때론 '이 사람들'까지, 제일 가까운 '관계대명사'와 '지시대명사', '접속사'들을 떠나는 일. 생활을 위해 돈을 버는 일과 세상 사람들로부터 받은 피로와 상처, 혹은 권태를 떠나는 일입니다.

그러나 낯선 여행지엘 도착하면 깨닫게 됩니다. 그 고단과 피로와 상처들 덕분에 새로운 풍경과 공기를 누리고 있다는 것을. 그동안의 고단함이 지갑이 되어주고 있다는 것을 깨닫게 됩니다. 그러니 여행은 버리려고 가져간 피로와 상처, 권태들에게도 고마움을 느끼게 합니다.

무거운 마음을 버리고 비우면서 무거운 생을 예찬케 하는 것. 여행이 갖는 사랑스러운 이율배반입니다.

용서의 냄새

아침에게서 수박 냄새가 난다
장미 냄새 같기도 하다

어제까지만 해도 머리가 찢기듯
천벌 속이었는데
갑자기 이유도 없이
아무 이유도 없이 말끔해졌다

용서 때문이다

누가 나를 용서한 거다
나 때문에 상처받은 누군가가
여태 날 용서 않고 벼르다가
오늘 마악 날
용서한 거다 깨끗이

틀림없다
용서받는 냄새

누군가가 날 용서한 거다

내 생각이나 마음 상태는 내 것이어도 전적으로 나 혼자만의 것이 아니어서 누군가의 나에 대한 격렬한 미움이나 증오, 혹은 아늑한 용서와 사랑에 의해 나도 모르는 새 달라지기도 한다고 생각합니다.

수박 냄새 나는 오늘 아침은 누가 무슨 일로 날 용서한 걸까, 생각해봅니다. '내가 무슨 일로 누굴 용서해야 하는가'와 쌍둥이 생각이기도 합니다.

'대신'이라는 말

능소화 나팔꽃 가득 핀 화단 앞에서
당신은 우는 얼굴로 몇 번이고 물었다

지난 사람 잊으려
날 대신 만나는 건 아닌가라고

봄가을을 춘추복의 같은 옷으로 생각해본 적은 있어도
두 명의 이름을 하나로 묶어 사랑한 적 없다
여름 더위 속 겨울 추위를 생각해본 적은 있어도
여름에 만난 이름을 겨울에 만난 이름에 겹쳐
사랑한 적 없다

추억에 대한 예의야 있었겠지만

나팔꽃과 나팔을 같다고 생각하지 않듯이

당신은 당신이라는 계절
당신이라는 처음이자 마지막 이름일 뿐

당신을
대신 사랑한 적 없다

❖

　능소화의 영어 이름은 'Chinese trumpet creeper' 혹은 'Chinese trumpet vine'입니다. 트럼펫이란 이름이 들어가듯 꽃이 약간 트럼펫을 닮았죠. 흔히 능소화꽃에는 치명적인 독성이 있어서 눈에 닿으면 심지어 눈이 먼다고 알고들 있습니다. 하지만 독성은 없다고 합니다. 다만 꽃가루가 갈고리 모양으로 생겼죠. 그래서 눈에 들어가면 약간 좀 따끔할 뿐이라고 합니다. 그 따끔한 작은 상처가 잘못되면 물론 시력을 잃는 일까지 생길 수도 있겠지만 어쨌든 꽃에 그 정도의 독성이 있는 건 아니랍니다.

　당신은 어느 날 불쑥 물었습니다. '지난 사람을 잊기 위해서 혹시 대신 나를 만나는 거냐'고요……

　옛사랑은 갈고리 모양의 꽃가루가 눈에 닿았을 때처럼 어쩌다 눈이나 마음이 따끔할 뿐입니다. 그 정도는 추억에 대한 예의일 뿐이죠.

　누구를 누구 대신으로 사랑한다는 것, 참 무섭고 잔인한 일입니다. 당신을 이전 사랑 대신으로 생각해본 적 없습니다.

그 국경의 기차역엘 가고 싶다

국경을 맞댄 그 나라들엔
서로의 국경을 넘나드는 국제기차가 있는데

두 나라의 기찻길 폭이 다르기 때문에
국경을 넘을 때는
국경 기차역에서
기차바퀴를 갈아끼운다

큰 바퀴를 작은 바퀴로
작은 바퀴를 큰 바퀴로 갈아끼우는데 그 방법은

기차 전체를 들어올리는 것

그 국경의 기차역엘 가고 싶다
국경. 기차. 기찻길폭. 바퀴. 바꾸다. 들어올리다.
같은
매혹의 단어들이 다 모여 있는 곳

기차역은 원래 매혹적인 단어가 많은 단어집인데
그 기차역엔 더 많은 미문美文들 있겠으니

시선만 닿아도 저절로 시가 잡힐 듯

허공 높이 몸 전체로 뛰어올랐다 내려오는 사이에
바퀴 갈아신고 다른 언어의 세계로 들어가는
그 국경의 그 기차역엘 가고 싶다

❖

국경을 넘나드는 기차가 있는, 국경을 맞댄 나라. 국경
넘을 때마다 기차바퀴를 크고 작은 것으로 갈아끼우는 나
라…… 언제나 가게 될까요.

2020년 2월 전이었다면 심지어 한 달 안에 출발할 계획을
세워볼 수도 있었겠죠. 하지만 이젠 경비와 시간이 된들 언
제나 외국여행이 가능할지 아득합니다.

그동안 사람들이 너무 '심하게 지구와 자연과 인간 스스로
를 무시하고 훼손하고 망가뜨리면서' 관광을 다닌 벌이라고
도 합니다. 세상에 긴긴 '여행과 이동과 접촉 금지의 시간'을
준 코로나 19 바이러스가 진정된 이후엔 여행의 패러다임이
완전히 바뀔지 모르겠습니다.

어떤 부부 - 사랑은 사람을 뛰게 한다

한 달간의 긴 외국 출장 마친
남편 돌아오는 날,

아내는 공항 마중 가는 대신
아픈 아기 안고 업고 내내 베란다
아래쪽 길만 내다본다

어느 순간 드디어 길에 나타난 남편

큰 캐리어에 큰 가방 두 개와 비닐백까지
잔뜩 끌고 메고 들고서도
달리기 선수처럼 정신없이 뛴다

그리움은 사람을 뛰게 하는구나
사랑은 사람을 뛰게 하는구나

아내도 아기 안고 현관으로 마구 뛴다

한 대학생 게시판에서 읽은 하소연이 생각납니다. 남자친구가 여자친구를 버스정거장에서 만나기로 했는데 저만치 정거장에 서 있는 그녀에게 갔더니 가자마자 그녀가 말하더랍니다. "우리 헤어져."

　약속시간에 늦은 것도 아니니 남자친구는 이유를 몰라서 쩔쩔맸죠. 나중에야 알았는데, '자신이 기다리는 걸 보고서도 뛰어오지 않았다'는 게 이유였다고 합니다.

　여자들 비위 맞추기 정말 힘들겠다. 남자들이 안쓰럽기도 하고, 한편으론 여자친구의 마음도 이해가 갑니다. 사랑은 상대방을 단 1분 1초라도 빨리 보고 싶어서 온갖 짐을 메고 지고서도 마구 뛰고 달리게 만드는 것이니까요.

　사랑하려면 경보나 달리기부터 익혀놔야 할까 봅니다.

온도계

친구들과 여행 중
자동차로 시골 마을을 느릿느릿 지나는데

한 친구가 창밖 마을을 보면서 짚었다

저 집은 사람 떠난 빈집이네
저 집은 빈집 같아도 사람 사는 집이네

우리 눈에는 다 똑같아 보이는데
어떻게 그렇게 잘 아느냐고
내기하자고 했더니

시골 출신은 그냥 알아
사람 온기가 있는 집과 없는 집은
보면 그냥 알아

친구 목소리가 아련해지길래

너는 눈이 온도계구나,
우리들 다 기꺼이 내기에 졌다

때때로 눈이 온도계가 되는 것. 고향 가진 사람들과 마음
이 유난히 따뜻한 사람들의 특징이 아닌가 싶습니다.

자두나무는 겨울에 무얼 할까

도시에서만 살아서 과일나무를
한눈에 구분하지 못한다
복숭아나무 자두나무 구분하지 못한다
겨울엔 더해서 모든 나무들은
다 똑같은 '겨울나무들'일 뿐이다

자두를 내가 얼마나 좋아하는데
한 번에 스무 개 서른 개도 먹어치우는데
알아보지도 못하다니

내 사랑은 어딘가 늘 그렇게
결격 사유가 있어서

한겨울에 갑자기 자두가 먹고 싶다고
자두나무가 궁금하다고 무심코 말했는데

어느 시골길을 걷던 날 당신이 갑자기 쉿,
손가락을 입에 댔다
그대가 좋아하는 자두나무들
동물처럼 겨울잠을 자는 중이니
쉿! 목소리 낮춰야 한다고

쉿!

❖

　나무들도 겨울잠을 자는군요. 그런가요? 진짜인가요? 이건 인터넷으로 검색해보고 싶지 않습니다. 진짜든 아니든 그냥 그렇게 믿고 싶습니다. 겨울에도 한눈에 자두나무를 알아보는 사람. 그들의 겨울잠을 방해하지 않기 위해서 입에 쉿, 손가락을 대고 발끝으로 걷는 사람이 분명 있으니까요.

거절이 너무 아파서

'죄송하지만'으로 시작되는 거절 편지를 받았다

종일 누웠다가 먼 동네 공원까지 걷는다

하이힐 앞뒤 거꾸로 신고 걷는 것처럼
발목과 손목과 목과 길목들. 목이란 목 다 아프다

공원 안 이름 모를 긴 받침대 운동기구에 누워
물구나무선다

이번 생은 틀렸다고 망했다고
잘하는 것도 잘되는 것도 없다고 벌선다

그 벌도 끝까지 견디지 못해 몸 조금 일으켜
수평으로 눕는다

바다 위에 누운 듯 무한한 하늘
단순해서 무한한 하늘
가끔씩 시야에 들어왔다 나가는 새들

천장을 보는 것과
하늘을 마주 보는 건 얼마나 다른지

바닥에 눕지 않고는 볼 수 없는
넓이

무한 하늘에 인사할 수 있는 건 바닥에 누웠을 때

하늘에 인사하고 몸 바로 세워
두 발 다시 땅에 딛고 일어선다

현대 음악가 쇤베르크의 작품 중 하나인 「달에 홀린 피에로」가 초연됐을 때 비평가들은 "이것이 음악이라면 하느님께 기도하니 부디 두 번은 듣게 하지 마소서"라고 혹평 중의 혹평을 퍼부었습니다. 또 다른 대표작인 현악 6중주곡 「정화된 밤」도 '물에 젖은 악보를 고의로 뭉개놓은 것 같은 수준의 엉터리 음악'이란 혹평을 들었습니다. 연주자들이 연주를 거절할 정도였죠.

그러나 지금 쇤베르크가 현대음악에 큰 획을 그은 대표 작곡가 중의 한 사람이라는 데에 이의를 제기하는 사람은 없습니다.

'거꾸리'라고 불리는 공원의 운동기구에 누워서 그가 받았던 야유와 혹평을 떠올렸습니다. 그리고 무한 하늘을 하염없이 마주봤습니다.

이 '거절'의 쓰라림을 극복한다고 해서 쇤베르크가 되진 않겠지만 그래도 두 존재로부터 받은 위로, 정말 고마웠습니다. 아니 참, 세 존재입니다. 운동기구도 넣어야죠. 아파트 단지 속 작은 공원의 운동기구, 시시하게 볼 게 아닙니다.

어떤 하루들

내내 지각 한번 안 하고 책상도 교복도 반듯하다가
문득 학교 빼먹고 기차 탄
중학생의 어느 날.

대학 3학년 한 학기 등록금
여자친구 병원비 내주고 휴학 후
부모님 몰래 막노동일 시작한 어느 날.

모욕모욕모욕 참다참자참다 사표 던지고 나와서
양복 가로수에 걸어놓고 잠들도록
취한 아버지의 어느 날.

십몇 년을 한결같이 차려낸 밥상
음식 투정 많은 가족들 앞에서
식탁째 쓰레기통에 쓸어 넣은 엄마의 어느 날.

다들 망치려는 게 아니라
망치지 않기 위해서
망치는

어떻게든
인생의 큰 고비를 넘어서려고

다 망치는
사투의 어떤 하루들

　더는 단 일 초도, 단 한 올도 못 견디겠는 마음. 어떠한 출
구도 보이지 않는 것 같은 마음. 너무 화가 쌓여서 한 번 더
참으면 죽을 것 같은 마음. 그럴 때는 어떤 길로 어떻게 빗나
가서든 일단 살고 봐야겠죠.
　정말로 완전히 다 관두고 망치기 위해서가 아니라 살기 위
해서 무작정 선을 벗어나고 보는 것. 그건 살기 위한 최대의
몸부림이란 걸 나를 위해서든 가족을 위해서든 꼭 기억해야
하지 않을까 싶습니다.

매듭 예술 - 8월 31일

'침매듭. 옭매듭. 접친 올무매듭. 8자매듭.
줄임매듭. 소매듭. 감은 매듭. 던지기 매듭. ⋯⋯'

그중 매듭계에서 꼽는 '매듭의 왕'은

바다 지나
선착장 도착한 배들
뭍에 붙들어 맬 때 쓰는
'스페인 보-라인매듭법bowline knot'이라지만

무슨 소리
제 팔자 제가 꼬는
'8자매듭'만한 게 어디 있을라구

나쁜 팔자는 끝났다고
잊으라고
팔자 접는

오늘은 매듭 예술의 날

❖

'침매듭 옭매듭 접친 올무매듭 8자매듭 줄임매듭 소매듭 감은 매듭 던지기 매듭……'

매듭법이 그렇게 다양한 줄도, 저마다 이름이 다 따로 있다는 것도 이번에 처음 알았습니다. 그 이름들 중얼대는 게 재밌다는 것도요.

일 년이란 시간을 놓고 봤을 때 그 시간들을 매듭짓는 '시간 매듭의 왕'은 물론 12월 31일이겠죠.

그러나 오랜 학창시절 동안 몸에 밴 1, 2학기제 때문일까요. 8월 31일도 여름판 12월, '또 다른 매듭왕'처럼 느껴집니다. '8자 매듭법'의 예술을 발휘해야 할 하루입니다. 그러고 나면 바로 '프랑스식 가을 스카프 매듭법'을 배워야 할 구월이겠죠.

2장

그대를 잊으니 좋구나

몇 년 전 기차역에 두고 온 우산 색깔은 기억해도

그대를 만난 날짜와 날씨는 다 잊으니

'소공녀'엘 가는 이유

복도에서 만난 입사 동기

발걸음이 급하길래 물었다

"뭐가 그렇게 바뻐?"

"소공녀에 가"

- '소공녀'는 회사건물 옆,
나무 많은, 아주 작은 정원의 줄임말.

"꽃 보러?"
"아니. 울러"
"울러?"
"응. 울러"

"나도 같이 가!"

❖

 생애 첫 직장은 졸업도 하기 전인 대학 4학년 10월쯤부터
다닌 출판사였습니다. 처음 하는 사회생활이고 야근 많은 출
판사였던 탓이었을까요. 편집장님과 동료가 참 잘해주었는
데도 일 자체가 힘들어서 밤에 가끔 건물 밖에 나와 울었던
기억이 있습니다. 그때는 건물 주위에 공원 같은 게 있을 리
없어서 건물 한귀퉁이 안 보이는 곳에서 울었었습니다.
 직장 생활 때문이든, 직장과 무관한 사랑 문제 때문이든
울기 위해 '소공녀' 찾는 일이 많지 않으시길 바랍니다.

청춘, 삼십 분

약속시간에 오지 않는 사람.

늦을 수밖에 없는 일이 생겼으리라
삼십 분을 이해한다

한 시간을 채우기 위해
삼십 분을 더 이해한다

1분이 지난 김에 29분을 더 이해한다
못 본 척 24분이나 지났으니 6분쯤이야 쉽게 채워
삼십 분을 더 이해한다

이왕 이만큼 기다렸으니
더 이해해보자
이해할수록 가까워지니 또 삼십 분을 이해하자

찻집 종업원이 커다란 대걸레로
옆 탁자를 마감 청소하니

내일 계속 더 이해해볼지
일단 나가서 생각하자

바깥에 나가니 이마로 별들이 휘청휘청한다

이 시만 원래의 시와 아래 덧붙이는 글이었던 글의 위치를
바꿨습니다. 원래는 덧붙이는 글에 있던 걸 약간 고쳐서 시
의 자리로 올린 겁니다.
　원래의 시 자리에 있던 시의 첫줄은 이랬습니다.
　〈처음부터 그렇게 오래 기다릴 생각은 아니었다〉

제발 살려주세요

그녀는 그와 헤어진 뒤
숨이 쉬어지질 않아서

어느 날은 하룻동안
교회엘 갔다가 성당엘 갔다가
절엘 갔다가 점집엘 갔다가
하루에 네 가지 종교 앞에 엎드렸다

온몸과 영혼 갈기갈기 찢기는 느낌으로

가는 곳마다 엎드려
저 좀 살려주세요 제발 저 좀 살려주세요
애원했다

그중 어느 종교인가가
그 기도 들어주었으니
살아났는데
그게 어느 종교였는지를 모르겠어서
아직 무신론자다

눈물 어룽한 채 웃던 그녀는 얘기 다 쏟아내고 난 뒤에 제게 물었습니다.

언니, 내 얘기 그대로 시로 써주시면 안 돼요? 힘든 일 생각날 때마다 들여다보고 싶어요.

그렇게 요청받고 쓴 시. 그녀가 한 말 그대로 옮긴 거니 따로 시로 썼다 할 것도 없습니다.

쓰고 나서 보내주면서 고칠 곳 있으면 고쳐라 했더니 눈물 그렁그렁 표시가 왔습니다. 발표하지 말라면 안 한다 했더니 아니라고, 아니라고, 아니라고 심지어 이름도 넣어주세요 답이 왔습니다. 그러나 차마 이름은 넣지 않았습니다.

나비야 집에 가자

헤어진 지 한 달도 안 돼서 들은
그의 결혼 소식

도저히 같은 한국땅에 있을 수가 없어서
무조건 떠났다

'반데이 쓰레이' 사원 가는 길
흙길 양옆에서 맨발로 벌거벗고 놀던 아이들이
흔들어주는 손
통곡을 간신히 참으며
반데이 쓰레이를 쓰레기 쓰레기로 외우면서
쓰레이 신에게 벌 받을까봐 겁내면서
사원에 도착했다

피나는 상처가 건축 재료였던 듯
온통 붉은 빛의 사원

노을 바라보듯이 바라보다가
좁은 돌 틈에 앉아서
마침내

울고 울고 죽을 것처럼 우는데

무엇인가가 어깨를 툭, 쳤다
관리인인가 정신 차려 고개 드니

커다란 나비 한 마리
손 내밀라 해서 손 내미니 가만히 내려와 앉는다

지나가던 외국인 부부가 '원더풀' 엄지를 치켜드는
순간
나비의 국적을 알았다

한국에서부터 줄곧 따라온
비행기에도 보이지 않게 숨어서 따라온
내내 뒤를 밟으면서
손끝 내려앉을 시간만 보던

나비야 그래 나비야
이제 그만 울고 집에 가자

❖

　헤어진 지 한 달도 안 돼서 결혼식이라니…… 남자가 결혼 준비하면서 그녀를 동시에 만났던 걸까요…… 그랬다면 쓰……레기 맞겠습니다. 요즘 이런 경우엔 주위 사람들이 그런 쓰…… 피하게 조상신이 도운 거라며 오히려 축하를 보낸다고 들었습니다. 그러니 그녀, 비행기에까지 몰래 날아들어서 캄보디아까지 따라가준 나비를 봐서라도, 그 나비 따라서 무사히 잘 돌아왔길 바랍니다.

91

그대를 잊으니 좋구나

잊으니 좋구나
그대와 함께 앉았던 이 공원 이 벤치
혼자 앉아도
그대를 잊으니 아늑하구나

그날처럼 떨어지는 낙엽들
나는 더 떨어질 바닥이 없으니 좋구나

몇 년 전 기차역에 두고 온 우산 색깔은 기억해도
그대를 만난 날짜와 날씨는 다 잊으니
이렇게 홀가분하고 신선하구나

나란히 어깨를 대고 앉았던 찻집의 이 자리
그대를 잊으니
이제 그만 일어나는 것도 이렇게 쉽구나

쉬워서 좋구나
오늘만 더 생각하고
내일부터는 잊으리라 결심하는 게
이렇게 쉬워서 좋구나

그대를 잊으니

잊으니 좋구나
이렇게 좋구나

　말로는 그대를 잊으니 좋다고 하지만 그게 실은 '이제 제
발 그대를 그만 좀 잊었으면 좋겠다'는 간절한 바람처럼 느
껴집니다. 잊는 것도 때론 능력이자 축복이겠죠.
　미련 때문에 고통스러운 당신들에게 그 능력 있어서 늘 함
께 갔던 찻집에 혼자 가도 더는 가슴 저미지 않고 길거리 가
다가 그 사람 비슷한 모습만 봐도 주저앉을 듯 다리에 힘이
풀리는 일 더는 없기를 바랍니다.

3초의 결정

때론 3초 안에 결정해야 할 것들이 있다
5초도 안 되고
1초에서 3초 안에 결정해야 하는 일

순식간에 발견한
횡단보도 건너편의 옛 애인

모른 척 횡단보도 가운데쯤에서 마주칠지
돌아서서 피할지

5초도 길다
3초 안에 결정하지 않으면

또 인생 엉망진창 된다

그런 순간의 결정 기준을 '지금의 내 옷차림이나 내 모습'
에 두는 경우도 많죠. 옛 애인에게 초라한 모습을 보이긴 누
구나 싫을 겁니다.

하지만 정말 중요한 기준은 그 혹은 그녀를 본 순간 심장
이 다시 너무 뛰는지 그냥 덤덤한지가 아닐까 싶습니다.

보는 순간 심장박동이 너무 빨라진다면 스치듯이라도 서
로 얼굴 보는 게 다시 지독한 이별 후유증으로 이어질 수도
있으니까요.

그러니 저쪽에서도 날 발견하기 전에 바로 돌아서버릴지
그래도 부딪쳐볼지 1, 2, 3. 3초 안에는 결정해야 합니다.

사랑과 이별을 겪고 나면 멀쩡한 횡단보도도 거리도 갑자
기 심장을 기습하는 위험지대가 되곤 합니다.

나의 안부

봄에 벚꽃잎 먹던 사슴들
지금은 떨어진 단풍잎 식사할까

먼 바다 건너갔던 철새들
날개와 부리 다 무사히 돌아왔을까

11월 서리 속에도 남아 있던 장미꽃들
시들어 까맣게 초췌해진 자존심 잘 견딜까

촘촘했던 별빛들
듬성듬성 떨어지는 가을의 간격들을 쉽게 이해할까

아무래도 사랑이 변한 것 같다며 울던 사람
불안 그쳤을까

늦은 가을비 내리는 밤
늦도록 잠 못 이루는 나는

다들 잘 있는데 괜히 걱정하는 나는
잘 있는 걸까

다들 잘 있는데 괜히 그들 걱정하는 척 잠 못 이루는 제가 실은 제일 잘 있지 못한 것 같습니다. 그래도 다른 존재들 안부 골고루 궁금해하는 저 자신이 조금은 대견한 밤입니다.

인간의 무늬

자연물에서 가장 선명한 무늬는

소라껍질이나 솔방울, 장미꽃에 있는 나선형 무늬.
무당벌레에 있는 점박이 무늬.

얼룩말의 줄무늬.
표범이나 사슴의 점무늬.

공작새 깃털과 나비 날개에 있는 눈동자 무늬.

그 가운데
생물학자들이 첫손 꼽는
가장 신비한 무늬는 눈동자 무늬.

인간이라면 누구나
마음 한켠에
간직하고 있을 무늬.

누군가의 눈동자.

내가 가장 좋아하는 무늬는
수첩과 공책의

줄무늬지만.

❖

　마지막 연의 '내가 가장 좋아하는 무늬는 수첩과 공책의 줄무늬지만'이란 구절이 시의 흐름을 깨는 것 같아서 지우고, 붙이는 말로 옮길까, 고민을 많이 했습니다.

　그러나 그대로 두었습니다.

　수첩과 공책의 줄무늬가 제겐 저를 그나마 인간으로 살게 해주는 무늬라고 믿는다는 얘길 꼭 하고 싶어섰니다.

사랑하면 할 수 있는 일

사랑이 원하면 할 수 있는 일

한 그루 나무에 얼마나 많은 꽃잎들 달렸는지
얼마나 많은 초록잎이나
은행잎이나 단풍잎이 달렸는지
세는 일

평생 가장 할 만한 일인 듯이
평생 이만한 행복 없을 듯 세어보는 일

❖

    가을이면 언제나 다시 생각납니다. 어느 가을날, 택시를 타고 가다가 잠시 신호에 걸렸을 땝니다. 기사 아저씨가 창밖을 보면서 크게 한숨을 내쉬었습니다. 곧 일에 대한 불만을 쏟아놓으시겠구나, 마음 불편해하는데 한숨이 아니라 감탄사였습니다. 아저씨는 창밖으로 쏟아지는 은행나무 잎들을 가리키면서 "저 은행잎들 보세요. 정말 굉장하죠?" 말하셨죠. 운전하면서 자주 보는 풍경일 텐데 그렇게 새삼 또 감탄하는 아저씨의 감수성이 더 굉장하게 느껴졌습니다.

    좋아하고 사랑하면 매번 감탄하게 되는 거겠죠. 좋아하고 사랑하면 그런 감탄사 속에서 봄의 벚꽃잎 숫자든 여름의 초록잎과 가을의 황금빛 은행잎 숫자든 누군가의 머리카락 숫자든 매일이라도 다시 셀 수 있는 거겠죠.

    사랑은 때로 어이없는 일, 불가능한 일을 아무렇지도 않게 하게도 만듭니다.

여행 학교

여행가방 열자마자
쓰레기가 터져나오는 사람과
청소도구들이 반듯반듯한 사람이 있다는 걸

호텔 등급이 목욕가운이 있고 없고로 나뉘는 사람과
탁자 위 메모지와 펜의 질로 나뉘는 사람이 있다는 걸

밥을 세로로 파들면서 먹는 사람과
가로로 빗질하듯 먹는 사람이 있다는 걸

양치질을 운동화 솔질하듯 하는 사람과
바느질하듯 닦는 사람이 있다는 걸

지갑과 돈을 늘 같이 챙기는 사람과
돈은 고국의 집에만 두는 사람이 있다는 걸

화가 나면 화를 내는 사람과
우는 사람이 있다는 걸

코를 고는 사람과 자기가 코를 골지도 몰라서 준비
했다며 귀마개를 건네주는 사람

샤워를 55분 하는 사람과

5분 하는 사람

치대는 사람과 치미는 사람

사람은 다 다르다고 생각하는 사람과

사람은 다 같다고 생각하는 사람이 있다는 걸

배우는 학교

항목을 만들자면 끝이 없을 겁니다. 가령 일주일 이내의 여행이라면 대부분 샴푸나 린스는 작은 샘플용기에 덜어서 갖고 다닐 거라고 생각했는데 집에서 쓰는 큰 샴푸나 린스 통을 그대로 갖고 다니는 사람도 있었습니다. 여행 초보여서 집에 대한 감각이 없어선가 했는데 여행 베테랑이었습니다. 여행가방에 넣을 다른 짐도 거의 없고, 일일이 덜기도 귀찮고, 작은 샘플용기 같은 것도 바로바로 버리기 때문에 늘 없고 여행 가면 대부분 한 숙소에만 머무는 데다 무엇보다 집에 있는 느낌이 들기 때문에 그냥 그렇게 갖고 다닌다고 합니다. 집에 있는 느낌을 갖기 위해 여행 다니는 사람. 그래서 커다란 가정용 샴푸 통을 들고 다니는 사람. 사람은 참 다를뿐더러 저마다 이해할 수 없는 부분들을 갖고 있다는 걸 새삼 또 깨달았습니다. 그런데 '샘플용기'라니까 또 생각납니다. 한번은 여행 떠나기 직전에 화장품 덜어 갖고 가려고 약국에서 주는 작은 물약통 같은 걸 주문한 적이 있었습니다. 그런데 분명 열 개쯤 주문했는데 오백 개들이 한 상자가 왔습니다. 주위에 많이 나눠줬는데도 아직도 있습니다. 그 바글바글한 용기들이 늘 빨리 또 여행 가라고 재촉하는 느낌입니다.

9월의 어금니

오랫동안 노력했던 일 실패로 돌아갔다

어금니를 너무 깊게 꽉 물었나
얼굴이 아파서
잠을 이룰 수가 없다

보름 만에야 조금 자고 깬 아침,
지나간 달력 밑에서
숨도 못 쉬는 9월의 어금니가
그제야 보인다

간신히 *끄집어내주자*

반쯤 죽일 줄 알았는데
그동안 걱정했다며

어금니 다 보이도록 웃는다

이는 보통 앞니부터 시작해서 '어금니' 쪽으로 나죠. 아기들이 어느 만큼 자라야 나는 치아가 '어금니'입니다. 그래서 옛날 옛적엔 어금니를 '철드는 나이', '생각할 줄 아는 나이' 심지어 '어른'의 기준으로 꼽았다고도 합니다.

지도자를 뽑을 땐 현명한 사람은 경험이 많은 사람, 즉 나이가 많은 사람, 다시 말해 이가 다 난 사람, 이런 식으로 생각했죠. 그래서 지도자 후보 중에 누가 이가 더 많이 났나, 떡을 깨물어서 떡에 잇자국이 많이 난 사람을 지도자로 결정했다고도 합니다. 그런 전통에서 이사금, – 임금이란 말이 유래됐다는 주장도 있죠.

요즘의 우리들에게 어금니는 최고가 아니라 최저의 기분일 때, 정말 힘든 일이나 화가 나는 일이 있을 때 그걸 참느라 사용하는 치아입니다. 어떤 분은 힘든 일 겪으면서 본인도 모르게 어금니를 계속, 얼마나 심하게 물어댔는지 결국다 주저앉아서 치료를 받았다고도 합니다. 치료할 때는 약한 어금니마저 원망스러웠는데 나중엔 그렇게라도 고통과 좌절을 견디게 해준 어금니가 고마웠다고도 합니다.

어떤 때는 바빠서가 아니라 마음이 너무 힘들어서 새로운 달이 시작됐는지도 모를 때가 있습니다. 어금니 꽉 물 듯 그 힘겨움 견디다가 어느 날 문득 달력을 보면 열흘이나 보름이 지났는데도 아직 전달의 달력이 그대롭니다.

그제서야 윗장 걷어내면 이미 절반이나 지난 달력이 새달 첫날처럼 환하게 인사합니다. 어금니가 보이도록 환하게. 그쯤이면 그토록 마음 힘들게 했던 상처가 어느덧 다 아물어간다는 뜻입니다.

아침 골목등

긴 골목 가로등
고장났거나
원격 담당 공무원이 끄는 걸 잊었거나

눈부신 아침 햇살 속
가로등 불빛이 아직 켜 있다
흰 도화지에 흰 색연필 그림처럼

아무 표시도 성과도 없던 헛수고
있으나 마나 어제처럼

아직
어둠이 좀 더 필요하다는 듯

✧

　애쓰며 사는 것. 그게 사람이 인생을 대하는 최고의 예의
고 애쓴 만큼 이뤄주는 것, 그게 인생이 사람을 대하는 최고
의 예의. 그 최고의 예의는 어두운 노력과 시련 속에서 더 잘
드러나는 것.

　환하게 불 켜져 있어도 켜져 있는지 표시 안 나는 아침 가
로등 보며 생각해봅니다.

도대체 어디에서

두 달 차이로 온 길고양이 두 마리
먼저 온 형이
낯선 동생을
얼마나 아끼는지

어느 날 동생이 목욕 당하면서
비명 지르자
문 열라고 문밖에서 더 크게 운다

문 열어주자 순식간에 들어와
물이라면 단 한 방울도 거부하던 녀석이
샤워기물에 흠뻑 젖어가면서
필사적으로 동생에게 가는 물을 막는다
필사적으로

너는 대체 어느 뒷골목에서
그런 사랑을 배웠니
온통 더러운 쓰레기들만 가득하던
네 길거리 뒷골목 인생 어디에서

동생 괴롭히는 줄 알고 정말로 필사적으로 울며 항의하고 온몸 젖어가면서 필사적으로 샤워기물을 막던 녀석…… 나보다 몇백 배는 더 따뜻한 마음을 가졌던 녀석…….

　　정녕 그 험하고 지저분한 쓰레기장 근처 골목길에서 그 사랑을 학습하고, 키운 걸까요…….

날벌레 수업

오스트레일리아인 영어회화 선생에 의하면

오스트레일리아 사람들도
단어 줄여 쓰는 걸 즐긴단다

여름엔 하다못해 '선글라스'도 '선그리'로
알파벳 한두 개라도
필사적으로 줄여 쓴단다

여름은 날벌레가 많아서
말할 때마다 순식간에 떼로
입속으로 뛰어드는 계절
그래서 줄임말이 더 많이 필요한 계절이란다

사람들이 '오스트레일리아'를 자꾸
'오스트리아'라고 말하는 것도
날벌레들 탓일까

말할 때마다
날벌레가 뛰어드는 것도
날벌레가 튀어나가는 것도 다 위험한 일

그 선생 영어회화 시간엔

다들 날벌레를 떠올리며

입을 굳게 다물었다

❖

　잠시 쉬다가 클래식 음악방송의 원고를 다시 쓰기 시작했
을 때 '차바협'이 무슨 말인지 몰랐었습니다. 나중에야 '차이
콥스키 바이올린 협주곡'의 줄임말이란 걸 알았죠. '베피협'
이나 '모피협'도 같은 줄임말입니다.

　이사하고 새 동네에 대한 정보를 얻느라고 가입한 맘카페
에서도 한동안 줄임말 때문에 고개를 갸우뚱할 때가 많았었
습니다. 그 가운데 아직도 기억에 남는 게 '문상'과 '마상'입
니다. 문상은 문화상품권의 줄임말, 마상은 마음의 상처의
줄임말이었습니다.

　'마상'은 약간 충격이었습니다. 마음의 상처라는 심리적이
고 형이상학적이고 문학적인 말과 마음의 상처 자체가 굉장히
딱딱하고 가벼운 물질명사 취급을 받는 것 같아서였습니다.

　하지만 편리성 때문에 저도 곧 경마장을 연상시키는 그 단
어를 써가면서 '마상받았어', '마상이야', 말할지도 모르겠습
니다. 선생님이란 단어를 어느덧 익숙하게 '샘'이라고 쓰는
것처럼요.

　누군가가 제 이름을 '김미'나 '개미', 심지어 '낌'이나 '껌',
'껴'로 줄여 불러도 할 말이 없을 것 같은 시댑니다.

이 남자 근사하다

길 양쪽으로 늘어선 나무들이 만든
무성한 초록나무터널

그 아래를 지나던 남자가 문득 멈춰 서서 말했다

- 이 초록나무 그늘을 지날 때마다
내가 아주 근사해지는 기분이 들어서
참 좋아

그래서 그렇게 근사했구나 이 남자

　우리나라 인도에는 흔하지 않은 것 같은데 방송국이 있는 여의도에는 넓지 않은 인도 양옆으로 커다란 나무들이 심겨 있어서 초록잎 무성해지면 그 나무들이 둥근 아치형의 나무 터널을 이루는 인도가 있습니다. 어느 날 점심을 먹으러 가는데 앞쪽으로 주위 빌딩에서 점심 먹으러 나온 흰 와이셔츠 차림의 남자들이 가득 그 터널 속으로 걸어 들어갔죠. 그런데 순간 그들의 흰 와이셔츠가 온통 초록빛으로 물드는 걸 봤습니다. 정말로 선명하게 물드는 걸 봤습니다.

　그늘에도 색깔이 있구나……

　너무 아름다워서 잠시 넋이 나가는 기분이었습니다. 풍경만이 아니라 와이셔츠도, 와이셔츠를 입은 남자들도 너무 아름답고 근사했습니다. 돌아와 바로 시 한 편을 썼죠. '봄에 남자들은 초록색 와이셔츠를 입는다'는 제목의 그 시는 문예지에 발표했습니다.

　그런데 며칠 후엔 또 다른 곳 다른 장소에서 한층 더 무성한 초록나무 밑을 지나던 남자가 햇빛 부신 눈으로 초록나무를 올려다보면서 하는 말을 들었습니다. 이번엔 방송 몫으로 한 편의 시를 썼습니다.

　세상 무엇보다 초록잎 무성한 나무 아래를 걸을 때의 자신이 제일 근사하게 느껴진다는 남자. 참 근사했습니다.

월요일을 위한 '아무 말 대잔치'

휴우 월요일엔 늘 머리가 뒤죽박죽이에요
- 꽃이나 잎은 뒤죽박죽 피기에 아름답답니다

많이 쉬었어도 월요일 아침은 피곤해요 휴우
- 피곤이 좋아하는 사람은 매사 피곤해하는 사람

누구나 월요일엔 월요병을 앓는다구요 휴휴
- 조사결과 사람들이 제일 힘들어하는 요일은 목요일

하아 월요일이 한 주일의 첫째 날인 게 문제예요
- 일요일로 시작되는 달력을 쓰세요

월요일마다 할 일이 너무 많아요 하아
- 영화 〈월요일이 사라졌다〉의 여배우는 1인 7역

월요일은 생각만 해도 우울해요 우우
- 즐길 수 없으면 피하세요. 결근해버리기

❖

　'아무 말 대잔치'는 아무 생각 없이 그냥 떠오르는 대로, 입에서 나오는 대로 말을 쏟아놓는 걸 뜻하는데 때론 맥락도 논리도 없는 그 말들이 더 신선하고 사랑스럽게 느껴지기도 합니다. 때론 현대시야말로 '아무 말 대잔치'이기도 합니다. 시에 나오는 영화 〈월요일이 사라졌다〉는 모든 집들이 아기를 딱 한 명만 낳도록 허락된 상태에서 일곱쌍둥이를 낳은 집에서 벌어지는 얘기를 담은 영화입니다. 그 일곱쌍둥이에게 붙여진 이름이 월, 화, 수. 목, 금, 토, 일인데 한 명의 여배우가 그 역할을 다 했죠.

　영화는 다둥이 집안의 시끌벅적 어수선하면서도 정겨운 얘기들이 펼쳐질 것 같은데 뜻밖에 잔인하고 그로테스크한 부분들도 많습니다. 월요일이 사라지는 건 유쾌한 일이 아니라 그로테스크한 세계를 만나는 일이란 뜻일까요.

세상의 선물가게

지독하게 고약한 상처에 직장 그만두고
혼자 하는 가게 차려야지
고민하다가 선물가게를 차렸다
선물은 좋은 일에만 하니까
매일 즐거운 사람들만 상대하겠지 짐작하면서

아니었다

들떠서 사간 비싼 선물
데이트 거절당했다면서 술 취해 안 가는 사람
수술 앞둔 어머니 위안될 물건 찾다가 대성통곡하는
사람,
진열 물건 깨뜨리고 본인이 더 화내는 사람,
포장만 다섯 번을 새로 하게 하는 사람……
온갖 희로애락은 선물의 집에도 다 있었다

이젠 아침에 가게 문 열 때마다
수많은 감정의 선물과 사람들
미리 다 생각해둔다

선물가게가 세상
세상이 선물가게라며

❖

　요즘 최고의 방송출연자 중의 한 사람인 백종원 씨는 말했
죠. "음식점을 하려면 장사 잘되는 음식점이 아니라 망해가
는 음식점을 가봐야 한다."

　잘되는 음식점을 가보면 음식점 일 자체도, 음식점 인기
높은 것도 너무 쉬워 보이죠. 그래서 안일하고 방만한 마음
으로 개업을 준비하기 쉽습니다. 그러나 안되는 음식점을 가
면 섣불리 준비했다간 큰일나겠구나, 긴장하면서 한 가지라
도 더 생각하고 더 챙기게 되니 음식점 하려면 망해가는 음
식점을 가봐야 한다고 합니다.

　기분 좋은 상태의 손님들만 상대할 수 있을 것 같은 선물
가게에도 나름대로의 애환은 차고 넘친다고 합니다. 사는 일
그렇게 어디에서나 만만치를 않으니 그나마 내가 좋아하는
일이어야 견디기가 쉽지 않을까 생각해봅니다.

원 플러스 원

이천 년 전 화산재 속에 파묻혔던 고대 도시
폼페이의 상점문에도 붙어 있었다고 한다
'1+1. 한 개를 사면 한 개를 덤으로 드립니다'

인류 역사만큼 오랜 '1+1'

그러나 태국의 시골 마을들에는
'1+1'이 아니라
'3-1 세 개 사면 한 개 빼고 드려요'
희안한 안내문이 붙어 있단다
욕심내지 말라는 불교식 관습이라나

나이도 태국식으로
'40-5,
사십 년 살면 오 년 빼드려요'

욕심 없이 구입하고 싶다

❖

　다섯 살은 너무했고 지금 나이에서 딱 한 살만 빼주셔도
좋겠습니다. 덕분에 앞자리 숫자 되돌려서 앞자리 숫자 바꾸
기 전에 꼭 하고 싶었으나 못한 일 딱 한 가지만 해보고 돌아
오고 싶습니다.
　나이에 대한 소원은 어떤 소원이 됐든 어리석게 마련이
지만.

궁금한 정답

머리 하나는 정말 맘에 들게 잘라주는데
너무 불친절한 미용실
계속 갈까요 말까요

친구 동생이어서 일 소개시켰는데
일 너무 못하고 걸근 멋대로 하는 거
친구한테 고자질 할까요 말까요

큰 시험 실패해버린 여름
가을 될 때까지 좀 쉴까요
바로 다시 서두를까요

싫지는 않지만
막 열렬해지지도 않는 사람
결혼 얘기 나오는데
좀 더 만날까요 그만둘까요

이런 질문들에 정답이 있을 거라고
막 찾을까요 말까요

❖

 전후좌우 사정을 다 아는 것도, 자신의 취향이나 기질을 아는 것도 자기 자신인데 그래서 결국 본인이 판단하고 결정해야 하는 문제들인데도 우리는 미리 정해진 정답을 찾으려 애쓸 때가 많죠.

 시험 볼 때 내가 문제를 풀면서 정답을 찾는 것과 정답을 보면서 채점만 하는 건 큰 차이가 있을 텐데 우리는 많은 문제들에 대해 이미 나와 있는 정답표를 보면서 틀린지 맞는지 채점만 하려고 할 때가 많습니다. 그게 훨씬 손쉽고 간단해서겠죠. 물론 나만의 고집과 주장으로만 뭔갈 판단치 않으려는 겸손이기도 합니다.

 어느 쪽이 됐든 최종결정은 내가 해야 하죠. 그래서 결정했습니다. 그 미용실은 그만 가기로.

적어두기

손바닥에 적어둔다

어디에 두었는지 찾지 못해 못 쓰고
버려야 하는데 찾지 못해 못 버릴까봐

선량과 기쁨의 위치를
침착과 짜증의 위치를
가야 할 곳과 가고 싶은 길의 위치를

우는소리만 하는 목소리와
깊은 생각과 유머가 담긴 목소리의 주인을

인간성 좋은 사람이 잘 먹는 음식과
천재가 잘 가는 음식점 위치를

귓갓길 나무들에게도 적어둔다
이 하루가 다 누구 덕분인지

❖

　어디에 두었는지, 어디에 있는지 위치를 적어두지 않은 것들은 아무리 집 안에 있어도 분실물이나 마찬가지입니다. 그런 분실물 찾느라고 집 안을 온통 헤집을 때마다 서랍이 아니라 인생을 온통 헤집어대고 있는 것같이 한심스러운 기분이 듭니다.

　그래서 때론 과일가게나 빵가게처럼 냉장고나 옷장 속 내용물들을 모조리 밖에다 이름 적어 붙여두고 싶어지기도 합니다.

　적어두는 일, 참 유용하고 위대합니다. 꼭 글 쓰는 사람이어서 하는 말만은 아닙니다.

나를 용서하는 기도

오늘만큼은 나를 용서합니다

게으름으로 좋은 기회 많이 놓치고
무성의로 좋은 사람들 잃고
어리석음으로 길을 헤맨 나를

끝까지 가겠다 하고는
절반도 못 가서 돌아와버린
아직도 몇 해 전 달력과 시계를 따라 사는

이기적이었으면 욕심껏 누리기라도 했어야지
욕심도 계산도 명예도
아무것도 지키지 못한

반성을 많이 하면 무엇하나
같은 실수를 반복하는

사랑을 믿지 못해
마음을 주지도 받지도 말자는 나를

오늘은 좀 용서합니다

다른 사람만 용서한다 안 한다 할 게 아니라 내가 나부터 용서하자. 나 자신에게 나부터 용서받고 싶다, 생각하는 것.
이 생각도 용서를 구해야 할 생각일까요.

오늘의 제빵

빈 겨울 나뭇가지들을 위해서
초록 나뭇잎을 굽고

텅 빈 들판을 위해서 벼와 보리를 굽는다

흐려지는 하늘을 위해서는
흰 눈꽃을 굽고

세상에서 제일 작은 철새
상모솔새를 위해서는
중간중간 쉬어가라고 휴게소 같은 빵조각들을
길에 뿌려준다

빵을 굽는 건 따뜻한 연약을
만드는 일

제빵사들은 구름을 뜯어다 세상의 빈 곳들을 달콤하게 채우는 부드러움의 장인들. 어느 날 그런 장인 중의 한 사람이 빵집 뒤쪽 마당에다 빵을 잘게 찢어서 뿌리고 있었습니다. 새들더러 와서 먹으라는 것 같았습니다.

　찾아오는 새들 중에 상모솔새들도 있었으면 좋겠습니다. 철새 중에서 가장 작고 연약하다는 올리브색의 철새. 몸집이 너무 작아서 숲에서든 허공에서든 발견하기가 참 어렵다는 철새.

　그 작은 몸집으로 계절마다 먼 길 오가는 그 새들이 맛있는 '오늘의 빵' 조각들을 휴게소 삼아 잠시 달콤하게 쉬다 갔으면 좋겠습니다.

도배 1

내가 늘 무슨 일인가를 제대로 못하고
헛수고가 많은 건
하루가 너무 짧아서다

너무 짧아서 도무지 뭘 제대로 할 수가 없다
시작도 하기 전에 늘 끝이다

오늘도 아침부터 도배한다 와서
자리 비켜주러 문 열고 나갔을 뿐인데
또 하루가 다 갔다
내가 원한 도배 작업이지만
하루가 너무 짧아서 또 빈손이다

억울하게 집엘 들어섰는데

오후 여섯 시도 아니고 오후 네 시까지 일하고 간 집

벽들마다 새 벽이다
천장마다 새 하늘이다

하루가 얼마나 길었던지
하루 만에 새집을 지어놓고 갔다

❖

　도배 맡기고 나간 아침엔 가을 낙엽이 지고 있었는데 돌아
와 보니 집 안에 흰 도화지에 흰 목련꽃이며 사과꽃들 만발
입니다. 하루가 몇 계절의 길이를 가진 것인지 '투덜이'는 민
망합니다. 앞으로 몇 년은 거뜬할 테니 하루가 몇 년의 성과
를 거둔 것인지. 도배일, 참 위대합니다. 하루라는 시간, 참
위대합니다.

도배 2

'살면서 가장 중요한 색깔은
옷이나 소파나 침대 색깔이 아니라
벽지 색깔입니다.'

,라고 벽지가게 사장님은 주장한다

벽지는 또 다른 가족
가족이되 미리 보고 고를 수 있는 가족입니다

미리 보고 골라도
어린이 자라 어떤 어른 될지 모르듯이
작은 샘플로 볼 때와 벽 전체 도배 뒤의 벽지는
같아도 같지 않습니다

샘플조각에선 분명 비둘기색이었는데
벽에 바르면 갈매기색이 되거나
낮에는 불투명이었는데
저녁에는 형광빛이 됩니다

벽지 고를 때야말로
접힌 양산이나 이불 펼쳐보듯이
머릿속에 벽을 펼쳐보는

상상력이 필요하겠구나

,라고 벽지 가게 사장님이 말한 건 아니지만

  '벽지'라니 생각납니다. 1차대전에 패한 직후 독일은 인플레이션이 얼마나 심했는지 지폐가 가득 담긴 바구니를 놓고 잠시 한눈을 팔면 지폐가 아니라 바구니만 훔쳐갔다고 합니다. 종이가 지폐보다 비싸서 지폐를 벽지로 썼다고도 합니다.
  고흐는 「감자 먹는 사람들」을 완성한 뒤에 동생 테오에게 편지를 썼습니다. "이 그림은 잘 익은 볏짚색의 벽지를 바른 벽 위에 걸어도 좋을 거야."
  가난하던 시절 우리나라에선 신문지나 비료 포대를 벽지로 쓰기도 했습니다. 이젠 벽지 종류가 너무 많고 다양해서 그중 한 가지를 고르는 일도 큰 고민거리입니다. 더욱이 샘플 봐가면서 힘들여 골랐는데 막상 벽 전체 도배 후에 생각과는 다른 색깔이 되면 참 당황스럽겠죠.
  그러고 보면 벽지 선택이든 가구 배치든 실내 인테리어에도 상상력이라는 예술 능력이 필수겠습니다.

137

낙엽 오르골

벽에 걸어둔 액자 옮기다가
옆의 오르골을 떨어뜨렸다

나뭇잎 납작하게 압착해 넣은 투명오르골이
진짜 낙엽이 됐다

살아나지 못하겠구나
어느 한 귀퉁이든 박살났을
낙엽을 주워들었는데

낙엽이 살아 있었다

부서지고도 노래하는 악기
죽어서도 사는 낙엽이었다

✤

　‘오르골’은 네덜란드의 ‘오르겔’이 일본에 전해지면서 굳어진 일본식 명칭이라고 합니다. 영어로는 ‘뮤직 박스’. 소리가 너무 맑아서 영화나 드라마 같은 데서는 오히려 공포 분위기를 암시하는 데도 많이 쓰입니다.

　낙엽 오르골 떨어뜨릴 무렵 마음이 바닥을 치고 있었는데 바닥에 내동댕이쳐져서도 음악소리를 들려주던 낙엽 오르골 덕분에 바닥을 치고 올라갈 힘을 얻었습니다.

3장

사람은 엄지발가락의
힘으로 산다

사람이 사람인 건
순전히
엄지발가락의 힘이었다

도망만 다니지 않겠습니다

그 나라 산골 마을엔 가끔
마을 안까지
곰과 호랑이 같은 맹수들이 출몰합니다

때문에 마을엔
빨래하다가도 바로 내버려둔 채 도망갈 수 있도록
서서 세탁하는
입식 공동세탁대를 두었다고 합니다

사랑을 맹수라고 생각했었습니다
어떤 사랑도 결국은 이별의 상처로
마음을 물어뜯고 말 거라고 믿었습니다

사랑이 조금이라도 보인다 싶으면
얼른 도망갈 생각부터 했지요

산골사람들의 도망은 지혜로웠지만
내 도망은 비겁한 달음박질

도망 중에 오히려 발 헛디뎌
더 깊은 웅덩이 속 굶주린 맹수에게 떨어질 수도 있
을 텐데

이제 무조건 도망만 다니지 않겠습니다

이십대 내내 가졌던 자세…… 생각해보면 상처받을 것에 대한 두려움이 아니라 절대 손해 보지 않으려는 계산적인 마음이 더 컸던 건지도 모르겠습니다.

입식 세탁대에서 빨래하다가 맹수 기척이 보이면 빨래고 뭐고 다 집어던지고 신발이 벗겨지도록 급히 도망가야겠지만 사랑의 기척을 볼 때마다 그렇게 부리나케 도망만 다니는 것. 참 비겁하고 불안하고 위험한 도망자의 삶이었다는 걸 이제 알겠습니다.

세 켤레의 짐

내겐 아끼는 신발이 세 켤레 있다

첫 번째 신은 아주 가벼워서
걸음도 저절로 가볍고 경쾌해진다

그러나 조금 멀리 걸을 땐
너무 가벼워서 오히려 불편하다
그럴 때는 가볍지도 무겁지도 않은 두 번째 신발이
좋다

세 번째 신발은 무겁다
신고 나서 일이십 분은
발이 신발을 들고 가듯 힘겹다
그러나 험한 산에 오를수록 그 무거운 등산화가
가장 가볍고 든든해진다

내겐
그 세 켤레 신발같이

가벼워서 좋은 짐 무거워서 좋은 짐
무게 다른 짐 또한
세 개가 있다

아끼는 짐 세 개가

자신이 쓴 문구에 대해 이렇게 말하는 게 좀 민망하지만 '아끼는 짐'이란 말이 저는 좋습니다. 가벼워서 아끼고, 무거워서 아끼는, 아끼는 세 켤레의 신발 같은 세 개의 짐.
누구에게나 있지 않을까요?

'현위치'

태풍이나 택배 올 때 꼭 알아야 하는 곳

지금은 집 보러 다닐 때가 아니라 편지 읽어야 할 때
네루다가 친구한테 구해달라고 한 집
'외곽에 있지만 이웃과 쉽게 오갈 수 있는 위치'라는
편지

램브란트가 모델의 터번 위치 바로잡아주는 데 쓴
하루

화분이 아니라 치솟는 화를 관리해야 할 상황
계절의 방향은 못 바꾸니 책상 방향이라도 바꾸나
예전의 부귀영화 어디 갔느냐는 사람의 눈물

꿈에 히말라야 오르려다가 '현위치' 지워진 안내지
도에
포기하고 내려왔다

❖

　지도나 안내도 읽기의 시작과 기준은 언제나 지금 내가 있는 곳, '현위치 확인'부터죠. '인생'이라는 지도 읽기도 마찬가집니다.

　그러나 '인생 지도'에는 보통의 등산로 안내지도나 택배나 태풍의 현위치 안내도 같은 확실한 '현위치' 안내 표시가 없어서 시속 등산길에서처럼 당황하게 될 때가 많습니다. 스스로 생각해내고 표시해야 한다는 뜻일 텐데 그래서 진지하게 내 인생의 지도 속 현재 위치를 고민해보려는 순간 문자가 옵니다. 택배 물건의 현재 위치 알려주는 문자. 인생의 현위치 따위고 뭐고 현관 벨소리만 기다립니다.

그곳을 다시 여행해야 하는 이유

어떤 곳은 골목의 화분 때문에
어떤 곳은 역무원의 안내방송 때문에
어떤 곳은 서점 옆 카페 옆 유리창 옆 강물 옆
공원 속 나무들 때문에

대부분은 저녁노을과 필기구와 노트 때문에
다시 여행 가고 싶어지는데

그 나라만은 예외다
비행기로 열두 시간 걸리는 그 나라는
9천 원 때문에 다시 가고 싶다

중앙역 옆 운하 옆 노천카페
혼자 맥주 한 잔 시켜놓고
저녁노을에 넋 놓고 있다가
기차 시간 떠올라 급히 일어났는데

신호등 건너 역으로 들어서는 순간
아악 맥줏값

맥주 한 잔 값을 안 주고 나왔다
돌아가기엔 마지막 기차 시간도 코앞

뒤늦게 좀도둑처럼 발뒤꿈치 들고

그 나라를 빠져나왔다

서울에서 가장 먼 곳에
아무도 모르는 외상장부 있는 나라
나의 다시 여행하고 싶은 나라 3위다

　맥주가 아닌 커피의 경우지만, 한 유명 커피 체인점의 조사에 의하면 반대의 경우도 꽤 있다고 합니다. 커피숍에서 커피 주문하고 결제 다 해놓고는 기다리다가 깜박 잊고 '커피 안 받고' 그냥 가는 사람들이 꽤 있다고 합니다.
　저는 여기에도 해당돼 어느 날은 커피숍에서 나와 바로 앞 정거장에서 버스를 타려는 순간 가방 안에서 커피 나왔다고 진동벨이 울린 적도 있었습니다.
　9천 원짜리 외상값 갚으러 유럽행 비행기표 끊는 게 굉장히 정직하다 못해 큰 이득처럼 느껴지는 거, 당연한 거겠죠?

가을의 요일들

가을의 월요일은
뭐든 제대로 만들려는 맨드라미처럼 오고

가을의 화요일은
겹겹이 빽빽한 손길을 모은 국화처럼 오고

가을의 수요일은 입에 써서 몸에 좋은
쑥부쟁이 구절초처럼 오고

목요일과 금요일은
작은 흔들림으로 산과 들과 바다를 뒤흔드는
갈대와 억새, 코스모스와 강아지풀로 오고

가을의 토, 일요일은
가을의 일주일을
수수 억만 번 지켜온 높고 커다란 은행나무 아래서
날 기다리고 있는
그 사람처럼 오네

❖

무슨 요일을 제일 좋아하시는지요. 아무래도 주말을 앞둔 금요일? 혹은 주말이 시작되는 토요일? 최근 서울대 행복연구센터가 내놓은 『대한민국 행복지도 2020』이란 책에 의하면 한국인들은 금요일에 느끼는 행복도가 월요병의 월요일보다 더 낮다고 합니다.

'불금' 자주 보내는 분들에겐 믿기지 않을 결과지만 '일주일 내내 축적된 스트레스와 피로에 더해 기대와 달리 금요일을 즐기지 못하면서 갖게 되는 실망감 등이 뒤섞인 탓'이라고 연구센터는 분석합니다.

저도 이상하게 금요일은 달갑지 않습니다. '불금'을 즐기러 클럽엘 다닐 수 없는 나이여서일까요……

(윗 문장, 써놓고도 어이없지만 그냥 두렵니다. – 이거 편집자분께 당부하는 말 아니라 책에 들어갈 문장입니다. 어느 제과점에서 친구 생일케이크 주문하는 사람이 '그냥 해피버스데이라고만 써주세요'라고 주문했더니 제과점에서 생일케이크에다 '그냥 해피버스데이라고만 써주세요'라고 써놨더란 얘기가 문득 떠오릅니다. 물론 이 책 편집하는 분은 그런 실수하실 분이 전혀 아닌데 그냥 웃자고 덧붙여봤습니다.)

153

물컵의 신비

아들 셋에 딸 하나, 네 쌍둥이를 키우는 엄마 아빠는
아이들이 물컵만 쏟지 않아도
살 것 같겠다며
그때만을 기다렸다

어느 날부턴가
드디어 네 아이 모두 다
더는 물컵을 쏟지 않았다

더는 물이 밟히지 않는 바닥은
얼마나 경이로운가

엄마는 너무 기뻐서 허둥대다가
그만

물컵을 쏟았다

❖

아이가 처음 눈을 맞추는 순간, 처음으로 제 두 발로 흔들흔들 걸음마를 떼는 순간, 처음 엄마나 아빠란 말을 내뱉는 순간들은 이런 기적이 또 있을까 싶게 감동적입니다.

그 감동은 눈앞의 아이만이 아니라 인간 전체에 대한, 무엇보다 자기 자신에 대한 감동으로 이어지기도 합니다. 나 역시 이런 대단한 기적의 순간들을 거쳐 자라온 존재겠구나 하는 감동으로요……

그러나 그 감동은, 아이가 아무 물건이나 던지고 넘어뜨리고 쏟고 어지럽히는 순간 순식간에 한숨과 피로로 바뀌기도 합니다. 더욱이 네 쌍둥이라면 그 한숨과 피로, 고단이 네 배가 아니라 열네 배는 더 클 것 같습니다. 기적이고 뭐고 빨리 벗어나고만 싶어질 것 같습니다.

그러다 어느 날 네쌍둥이 중 누구도 물컵을 쏟지 않는 기적이 찾아들면 다시 또 감동케 되죠. 그 감동에 격하게 기뻐하다가 그만 엄마와 아빠가 물컵을 넘어뜨리고 떨어뜨리고 쏟는 순간, 네쌍둥이들이 어른들도 별거 없네, 하면서 까르륵댈 것 같습니다.

식빵 한 봉지

오늘도 세 달 치 아르바이트 비용 못 받은 고학생
수중에 있는 천 원짜리 한 장과 동전들 샅샅이 그러
모아
가게에서 제일 싸고 긴 식빵과 우유를 샀다
일주일은 버티겠지 식빵 총 몇 장인지 나누면서

자취방 돌아오는 길
버스 맨 뒷자리에 앉아
아주 잠깐 졸았을 뿐인데

버스 내리고 보니 식빵과 우유 봉투가 없다

저만치 달려가는 버스 따라잡으려고
죽을힘을 다해 뛰었지만

뛰지나 말걸
기운이나 아낄걸

자취방 돌아와 학교 익명게시판에
배고파 미치겠고
나 자신에게 화가 나 미치겠어요 버스 얘기 올렸는데

게시판이 순식간에 빵으로 뒤덮였다
제발 주소 불러달라고
제발 자책하지 말라고
게시판이 순식간에 캠퍼스 규모의 빵집이 됐다

그 고학생 엉엉 울며 마음만 받을게요
세 달 치 밀린 아르바이트비 받으면
여기에 크림빵 좀 돌릴게요
버스 놓쳤을 때보다 더 많이 운다

❖

　누군가의 주소가 맹렬히 궁금했던 날. 그러나 그때 할 수
있었던 일은 그 학생이 하루빨리 세 달 치 밀린 알바 비용을
받기를 간절히 기도해보는 일뿐이었습니다.

저절로 되는 줄 알았다

우리나라에서 제일 긴 코스모스길
행사 맡은 김제시 임희영 씨
'이 일을 맡기 전까지 코스모스는
그냥 저절로 피는 건 줄 알았어요.'

첫아이 키우는 공덕동의 서른한 살 박모씨
'사람은 태어나면서부터
혼자 알아서 크는 줄 알았어요'

기상캐스터 지망생인 스물두 살 이모씨
'날씨는 맑고 화창한 날씨만 좋은 날씨고
그렇지 않은 건 전부 나쁜 날씨라고만 알았어요'

자기계발서 많이 읽은 스물일곱 민모씨
'자기 자신을 사랑하고 아끼라는 게
이기적으로 살라는 뜻인 줄 알았어요'

스물네 살의 K대 4학년 한모씨
'그 사람 돌아서기 전까지는
사랑은 무조건 받는 것으로만 알았어요'

내 나이 몇 살에

인생이

첫발만 없으면

알아서 꼭대기로 데려다주는 에스컬레이터가 아니
라는 걸 알았었던가……

저절로 되는 줄 알았던 것들, 당연한 건 줄 알았던 것들이
그런 게 아니란 걸 깨달으면서 사람은 진정한 어른이 되는
거겠죠.

그래서 어른이 된다는 건 실망과 고통을 많이 만난다는 뜻
이기도 하다는 것. 내 나이 몇 살에 그걸 제일 크게 실감했는
지 생각해봅니다.

세 번 놀라다

　한국에서 일 년 교환학생 하다가 돌아간 프랑스인
친구가
　육 년 만에 다시 한국엘 놀러왔는데

　그새 결혼도 하고 아이도 낳고
　머리를 길게 기르고 있었다

　늘 짧은 머리만 고집하더니 머리도 길렀네, 놀랐더니
　두 달 후에 머리카락 기부하려고
　애써 기르는 중이란다

　그런 일을 다 하다니, 놀라니
　좋은 일 하면 언젠가 다 돌아오니까, 웃는다

　유럽 사람들도 그런 거 믿느냐고 놀라니까
　그럼! 하면서 또 웃는다

　그 친구한테 프랑스어 말고
　배워야 할 게 또 생겼다

❖

    한국 여성 중에도 머리 길게 길러서 암환자 등을 위해 기부하는 여성들이 꽤 있죠. 모든 기부가 다 좋은 일이지만 머리 길러 기부하는 것도 참 아름다운 기부란 생각이 듭니다. 특히 한국 여성들의 모질이 좋은 건 우리나라가 한때 최고의 가발 수출국이었다는 것으로도 증명된 바 있죠. 그런 기부 한번 안 하고 이삼십대를 건너온 게 지금 생각하니 참 부끄럽습니다. 심지어 몇 년이나 머리를 길게 기르기도 했고, 좋은 일을 하면 복이 돌아온다는 것도 믿었으면서 말입니다. 프랑스인 친구 그녀에게 복이 많이 돌아갔으면 좋겠습니다.

문명적 반성

1.

공기청정기
분명 청정의 파란색 불빛이었는데

내가 가까이 다가가니
갑자기 경고의 빨간색으로 바뀐다

내가 먼지라는 건가

하긴 인간은 흙이라니까.

먼지였으면서
먼지 아닌 척했던
지난 한 주일의 교만을 반성했다

2.

길 가면서 급한 문자 보는데
어느 순간 갑자기 휴대폰 화면이 새까매졌다

한 달밖에 안 됐는데 벌써 고장인가
이것저것 눌렀더니

캄캄한 화면 위로 갑자기 한 문장이 나타났다
'인내심 테스트 중입니다'

옆에선 초록 가로수들한테
치명적인 결점 들킨 것 창피했다

요즘 기계들, 인간의 별걸 다 일깨워주고 반성시키고 제어하고 다스립니다. 그렇더래도 마음의 청정과 인내 부족한 건 사실이니 오히려 각별히 신의 특사가 왔다 간 걸로 믿기로 했습니다.

그러나 생각할수록, 요즘 문명 기기들, 참 웃기지도 않습니다.

사람은 엄지발가락의 힘으로 산다

엄지발가락에 실금이 갔다
머리카락 같은 실금이었는데

두 달 동안 나무가 됐다
쓰러진 나무가 됐다

경험 많은 가구 전문가는
옷장 흔들리면
그 발치에 십 원짜리 동전 하나를 괸다고 한다

돌아가신 어머니는
사람은 엄지발가락에 머리가 들어 있다면서
두통도 불면도 그 탓이라면서
늘 엄지발가락을 주물러주곤 하셨다

사람이 사람인 건
순전히
엄지발가락의 힘이었다

❖

　높은 굽의 구두를 신고 계단을 오르다 잠깐 발이 삐끗했는데 그 틈에 엄지발가락에 금이 갔습니다. 엑스레이를 보니 보일락말락 머리카락 같은 실금인데 무릎 아래까지 석고 깁스를 해야 했습니다. 그것도 두 달간이나.

　엄지발가락, 그것도 실금 정도에 온몸이 주저앉다니. 처음엔 어이가 없었죠. 하지만 곧 느꼈습니다. 뇌에서 가장 멀고 별 쓰임새도 없고 제일 못생긴 것 같은 엄지발가락이 직립보행의 걸음을 지탱하는, 인간을 인간이게 하는 최고의 신체 부분이었다는 것을…….

　뇌가 시끄러워서 잠 안 오는 밤, 엄지발가락을 주물러주면 뇌가 잠잠해진다고 합니다.

　깁스 푸는 날, 자기 엄지발가락을 입에 넣으려는 아기처럼 엄지발가락에 입을 맞춰주었습니다.

167

십 초 만에 세상을 바꾸는 방법

'세상에서 십 초 만에 바꿀 수 있는 것'들을 검색하면
이런 것들이 나온다

딸꾹질 멈추는 법, 넥타이 매는 법,
영어에서 자동사를 타동사로 바꾸는 법……

그 모든 것 포함 세상 전체를
십 초 만에 바꿀 수 있는 방법도 있다

내 마음을 바꾸는 것.

진부한 심리서와 처세서에서
빼놓지 않고 강조하는

그래서 미덥지 않은 말장난 방법

그런데 또 '진리'이기는 한 방법……

✤

십 초 만에 딸꾹질을 멈추는 방법은, 허리를 앞으로 숙이고 천천히 물을 마시는 거고요, 십 초 만에 넥타이 매는 법은 지퍼 달린 넥타이를 매는 겁니다. 영어 자동사를 타동사로 바꾸는 건 동사 뒤에 '을, 를' 목적어 하나만 넣으면 되죠.

다 정말 십 초면 될 일들입니다.

마음을 바꾸는 것도, 덕분에 세상을 바꾸는 것도 십 초 만에 못 할 일 아니죠. 하지만 실제로는 얼마나 어려운지 오늘도 매사 둥글지 못하고 지나치게 예민한 마음 바꿔서 삶도 세상도 바꿔보려고 애는 쓰는데 쉽지 않습니다.

하긴 이렇게 계속 애쓰다 보면 어느 순간에 불교에서의 '돈오돈수頓悟頓修'처럼 십 초 만에 순식간에 바뀌려나요.

순서

무엇이든 순서란 순서는
다 바꾸고 뒤집어야
직성 풀려하던 그 사춘기 여학생

샴푸와 린스 쓰는 순서도 바꾸고
내의와 양말도 뒤집어 입거나 신고
노트와 책은 맨 뒷장부터 쓰고 읽고
젓가락으로 국 떠먹고
휴일이면 밤낮을 바꿔 통화하고
서랍이나 옷장도 열어두는 용도로 쓰다가

중요한 시험에 또
시험지 뒤집어 맨 뒤 맨 끝문제부터 풀다가
시험 떨어지고

결정적으로 좋아하던 남학생한테
'난 누구든 헤어지려고 만나는 거야' 하는
이상한 애정 순서 듣고

매사 뒤집던 습관을 제자리로 돌렸다고 한다

날마다 나이 뒤집어

어른의 시간을 먼저 살고 싶어하던
그 사춘기 여학생

　제게도 개성을 무조건 기존의 것을 뒤집고 순서를 거꾸로 하는 것이라고 생각했던 시절이 있었습니다. 그러다 저 사춘기 여학생처럼 큰코다쳤던 시절, 그래서 순서를 제대로 돌려놨던 시절이 있었죠. 순서는 갑갑하지만 뒤집은 순서라고 자유롭지만은 않다는 걸 배운 시절.
　그러고 보니 생각납니다. 제 네 번째 시집 제목이 '고통을 달래는 순서'인데 한 후배 시인이 '순서'라는 어딘지 규격화된 것 같은 비非시적인 느낌의 단어가 시집 제목에 쓰여서 놀랐다고 말한 적이 있었습니다.
　뒤집은 순서가 무조건 다 자유로운 건 아니지만 역발상의 즐거움은 분명 있긴 하다고 얘기를 또 한 번 뒤집어봅니다.

각도

가수이자 배우였던 프랭크 시나트라는 말했다
- 고개를 들어라. 각도가 곧 당신의 태도다

팝아트회화의 대가인 앤디 워홀은 말했다
- 조각품은 모든 각도에서 감상할 수 있다
그런데 인생에서는 그렇게 하는 것을 종종 잊어버려
서 문제다

이집트 피라미드의 삼각형 각도는 정확히
'51도 52분'
모래를 쌓을 때 가장 높이 쌓을 수 있는 각도.
넘어서면 모래가 더는 위로 쌓이지 않고
흘러내리는 각도다

고개를 들어 각도를 높이는 것
고개를 숙여 각도를 낮추는 것
시선 높이의 모든 각도를 한 바퀴 도는 것

각도가 곧 존재다

❖

　학창시절 수학 시간에 썼던 각도기가 생각납니다. 수학은 딱딱하고 재미없었지만 반달 같은 각도기는 좋았었습니다. 도형을 부채처럼 늘렸다 접었다 하는 각도 재기는 뭔가 지구나 달의 축소판과 노는 기분이었습니다.

　그런다고 수학시험 속 각도 문제를 잘 풀었던 건 아니었습니다. 인생에서도 고개를 들어야 할 때 숙이고, 숙여야 할 때 드는 식으로 여전히 각도를 쓰는 데는 미숙합니다.

카프카식 이별 1

그만두자고 일방적으로 상처 주고 떠나온 여행

누워도 머리가 천장에 닿을 것 같은
시베리아 횡단열차 3등석 2층 침대 윗칸에서

이별이 고통스럽기는 왜 내가 더 고통스러운지

﹖

혼자 시베리아 횡단열차를 탄 적이 있습니다. 기차 차창 밖으로 눈 쌓인 자작나무숲을 보고 싶었지만 겨울까지 기다 릴 수가 없어서 한여름에 떠났습니다. 3등석 2층 침대의 윗칸은 상반신을 다 일으키는 게 불가능할 정도입니다. 상반 신을 일으키려면 통로 쪽으로 상체를 비스듬히 뺀 채 일으켜 야 합니다. 들어가고 나올 때마다 엉거주춤 눕다시피 들어가 고 나오는 묘기가 필요하죠. (요즘 새로 투입된 신형기차는 그렇지 않다고 들었습니다.)

벌 받는 것 같은 그 공간에서 카프카를 떠올렸습니다. 카 프카는 생전에 한 여인에게 두 번, 또 다른 여인에게 한 번, 두 명의 여인에게 모두 세 번 파혼을 통고했습니다. 세 번째 파혼은 결혼식 이틀 전의 통고였죠.

여인들도 상처를 많이 받았겠지만 이별을 통고한 카프카 자신도 자신의 예민함과 누군가와의 공동생활을 견디지 못 하는 고독한 기질에 스스로 상처를 많이 받았다고 합니다.

카프카식 예민함은 온 세상과 늘 혼자 절연했다가 혼자 상 처받고 혼자 화해하고 본인만이 아니라 주위 사람까지 괴롭 히기도 합니다. 그래도 그게 '카프카'가 되는 일이라면 백 번 이고 천 번이고 더 크게 키우고 싶습니다.

굴다리 앞에서

낮선 나라의 한 마을 끝
산등성이 아래
커다랗고 캄캄한 굴다리가 보인다

어린 시절 그런 굴다리 앞에서
동네 조무래기들 다 모여 내기한 적 있었다

누가 그 어두운 굴다리를
끝까지 들어갔다가 돌아올 수 있는지
그 끝 굴다리 바깥에 뭐가 있는지를
누가 보고 올 수 있는지

용기를 겨뤄보자는 그 굴다리 앞에서
말 꺼낸 골목대장조차
막상 주춤대던 일

지금 저 굴다리는 우습기 짝이 없지만
굴다리 건너편에 뭐가 있을지
가볍게 보고 올 수도 있지만

보이지 않는 마음속 굴다리
여행지까지 메고 온 불안의 굴다리

그 끝에 뭐가 있을지

두렵고 캄캄해서

발이 떨어지지 않는 저 입구

　어릴 땐 굴다리 같은 덴 다 무섭죠. 거기로 들어서면 아주 다른 세계로 나가서 영영 돌아오지 못할 것처럼 무섭습니다. 근데 커서 보면 그게 정말 열 걸음도 안 되는 거리고, 굴다리 너머도 같은 동네 안쪽이어서 어이없는 웃음이 날 때가 많습니다. 여행지까지 마음속으로 끌고 간 어떤 두려움. 지금 너무 어렵고 어둡게만 느끼는 이 불안도 막상 안으로 들어가 끝까지 가보면 아무것도 아니었다는 걸 알고 웃게 될지요.

참나무 아버지

참나무 보러 숲에 왔다
참나무 발치에 떨어진 도토리들 보러 왔다

아버지는 늘 말씀하셨었다

'참나무는 그해 겨울에 눈이 많이 올지 안 올지 아는데
눈이 많이 올 것 같은 해엔
도토리를 유난히 많이 낸단다

겨울에 눈 많이 오면
다람쥐나 산짐승들 먹이 구하기 힘들 테니
미리 많이 가져다 두라고
도토리를 훨씬 많이 내는 것

공부에도 삶에도 적어도 그런
헤아림이 있어야 하는 거란다'

학력 높지 않아도
참나무처럼 눈이 많이 올지
비가 많이 올지 잘 알던
눈 많이 안 와도 발치에 늘 도토리 많이 떨구던
참나무 아버지 보러 왔다

대학 입학식 전날
아버지의 학문 먼저 공부하려고 왔다

❖

이런 아버지와 아들이 진정한 금수저 집안이 아닐지요.

새벽의 만원버스

시내버스 안에 안내문이 붙었다
다음 주부터
새벽 네 시 오 분 첫차를
두 대 동시에 출발시킨다는 안내문이었다

한 대도 텅 빌 새벽 시내버스를
동시에 두 대나? 했는데

그 버스 오전 네 시면 이미
새벽일 가는 사람들로
발 디딜 틈이 없단다

그렇게 붐비는 새벽노선 버스
아홉 시 출근 직장인인 나와는
아무 상관 없을 줄 알았는데

덕분에
그 버스 내가 타고 내리는 시간에도
자주 온다 자가용처럼 자주 온다

❖

어쩌다 새벽 첫차 타면 새벽에 일 나가는 분들이 생각보다 많아서 놀라게 됩니다. 그래도 새벽 버스는 언제나 자리가 넉넉하죠. 하지만 새벽 첫차를 동시에 두 대나 출발시켜야 할 정도로 붐비는 노선도 있습니다. 그 노선버스엔 하루노동일 찾아서 새벽 인력시장 나서는 분들이며 어려운 일 다니시는 분들이 많지만 만원버스 안은 늘 세상에서 가장 넉넉하고 훈훈한 인정에 넘친다고 합니다. 통학버스 학생들처럼 어느새 서로 다 낯이 익어서 인사 나눈 사이 아니어도 늘 보이던 얼굴이 안 보이면 일 끊겼나, 다쳤나, 걱정도 하고 누가 어느 정거장에 내리는지도 잘 아니까 누군가가 내릴 정거장 다 와가는데도 계속 졸고 있으면 슬그머니 어깨를 쳐주기도 하고, 만원버스 맨 뒷자리에서 누군가가 교통카드를 내밀면 발 디딜 틈 없이 선 사람들 모두가 그 카드를 앞으로 앞으로 전달해서 기계에 찍어주고 다시 뒤로 뒤로 카드를 전달해준다고 합니다. 그런 분들이 잘 살아야 사회 전체가 인정미와 건강미를 회복할 수 있는 게 아닐지, 열심히 사시는 그분들의 삶이 갈수록 크게 크게 나아지길 기원해봅니다.

모녀의 풍경 - 세레나데

스페인 여행에서
알람브라 궁전보다,
사그라다 파밀리아 성당보다 더 인상 깊었던 건

저녁 무렵의 주택가
1층과 2층 사이 높지 않은 창문에서
상체를 내밀어 길 내려다보던 스페인 엄마
어느 순간 얼굴이 세레나데가 된다

퇴근해 오는 딸이 이윽고 시야에 들어온 거다

좀 더 가까워지자 딸의 얼굴도
엄마 향해 흔드는 세레나데다

그 손 닿을 듯 가까워지자
두 사람이 함께 부르는 세레나데

힘들었지? 얼른 올라와
응. 엄마. 금세 올라갈게

스페인어 몰라도 다 알아들을 수 있었다

온 세상 최고의 세레나데를 들은 날이었다

❖

외국 여행을 할 때면 이국적인 풍경이나 위대한 예술작품들에 감탄사가 터지기도 하지만 우리와 다를 바 없는 낯익고 정겨운 일상의 모습에 더 크게 코끝이 찡해지기도 합니다.

바르셀로나였는지 마드리드였는지 정확히는 기억이 나지 않지만 동네 입구에 작은 서점이 있던 주택가 어느 길에서 봤던 퇴근 무렵 모녀의 한없이 다정한 풍경, 스페인 여행의 압권이었습니다. 다정한 가족들의 모습은 언제 봐도 눈물겹도록 아름답습니다.

인생 최고의 사업

혼자 여행 다니기 외로워서

더 많은 사람들과 여행 다닐 수 있지 않을까
여행사를 차렸다

일 년 만에

혼자 가는 여행이 너무 그리워서
여행사를 접었다

일 년 동안 일하고 얻은 최고의 수익은,

원래의 나로
돌아왔다는 것이었다

❖

　사업, 아무나 하는 거 아닌 것 같습니다. 아니 사업, 아무 마음이나 갖고 하는 거 아닌 거 같습니다.
　맞지 않을 것 같으면 시작도 하지 않는 것. 시작했다가도 아니다 싶으면 과감히 접는 것도 뛰어난 사업가만의 미덕이 아닐까 싶습니다.

동시풍으로 - 공원 숲길에서

맞은편에서 오소리 엄마가
애기 둘 데리고 오다가
우리를 발견하곤 흠칫 멈춰 섰다

숲으로 잠시 몸을 숨겨주었더니
애기 오소리들 몰고 얼른 지나간다

오소리 등뒤에다 가만히 말했다
얘들아 우린 나쁜 사람들 아니야
너희도 사납다고 들었는데 아니구나

등뒤의 세상도 내게 가만히 말한다
얘들아 나 힘들고 거칠기만 한 곳 아냐
너희들도 삭막하다고 들었는데 아니구나

❖

　　사실 마주치는 순간 즉시 오소리와 너구리 족제비 같은 걸 구별할 자신은 없습니다. 옆에서 오소리라니까 오소리로 알았습니다. 멀찍이 마주쳤을 때 더 많이 흠칫 놀라고 무서워했던 것도 아마 제 쪽이었을 겁니다. 고양이 빼고는 크든 작든 어떤 동물이든 다 무섭습니다.

　　그런데 숲속으로 몸을 피해주자 부리나케 지나가는 오소리 일가를 보고 그 무섬증이 미안해졌습니다.

　　알고 보면 착하고 순한 존재들 천지입니다.

아예

시내 찻집에서 모인 친구들과
다음 모임을 의논한다

- 다음엔 어디 가까운 교외라도 가서
바람이라도 쐬고 오자

- 그래. 근데 이왕 가는 거
기차도 타고 아예 시골 어디로 1박 2일쯤 가자

- 그럴 거면 아예 비행기 타고 제주도 다녀오자

- 그럴 거면 아예 더 멀리 해외로 가자

- 그래 난 라오스 가고 싶어 4박 5일쯤
- 난 라오스는 가봤으니까 시드니 가자
- 나는 이집트나 모로코 가고 싶어 거긴 8일쯤 잡아
야 할걸
- 나는 아이슬란드나 아르헨티나에 한 표. 보름쯤이
면 될 거야

헤어질 때 우리는 공항에서처럼
여행의 피로와 행복이 잔뜩 어린 얼굴로 포옹하며

다음번 한 달 살기 여행도 꼭 같이들 가자 약속했다

❖

　제가 술을 좀 좋아할 때는 친구나 동료 중에 술을 좋아하거나 잘 마시는 여자들이 별로 없었습니다.

　제가 한창 누군가와 같이 여행 가고 싶어할 때는 동창 친구들 중에 시간 맞는 친구 찾기가 거의 불가능했습니다.

　그래서 동성의 동창 친구들과 술을 마시거나 여행을 다니는 여자분들을 보면 참 부럽습니다.

　그래도 말로라도 매번 이렇게 온갖 곳을 여행하는 것도 즐겁습니다. 자꾸 이러다 보면 언젠가는 정말로 동창 친구들과 여행 마치고 피곤하지만 행복한 얼굴로 공항에서 서로 포옹 인사하면서 헤어지는 거, 해볼 수 있겠죠?

나의 경호원 생활

내 사촌형은 검은 선글라스의 경호원이다
담장 격파의 엄청난 무술 실력과
목숨 좌우할 총을
항상 검정 양복 안에 단단히 갖추고 있다

나도 경호원이다
사촌형 같은 무술도 무기도
순발력과 민첩함도
검정 양복도 선글라스도
아무것도 없지만

베란다 화분들과
화분을 밟고 뛰려는 고양이를 지키는 어머니를

이유 없이 화를 벌컥 내는 직장 따위
언제고 그만두라는 여자친구를

무뚝뚝하지만 머리를 잘 자르는 이발소를
깔끔함을 타고난 것 같은 호프집 주인아저씨를
취해서 잃어버린 가방을 찾아내준 동료를

버스 종점에 있어서 언제고 앉을 수 있는 동네를

어떻게든 지켜내려는

나도 경호원이다

    영화 〈보디가드〉가 떠오릅니다. 검정 선글라스 끼고 누군
가를 목숨 걸고 경호하는 경호원들, 정말 멋지고 믿음직스럽
습니다. 쉽게 반할 만합니다.

    그런데 생각해보면 우리들도 저마다 다 경호원입니다. 살
면서 지켜주고 싶은 것 없는 사람은 없을 테니까요……

    무술도, 무기도, 아무 대단한 것 없어도 목숨 걸듯 지키고
싶은, 평생 밀착 경호하고 싶은 나만의 존재들과 바람을 돌
아봅니다.

그녀 만세

누가 이어폰을 꽂고 있으면
어떤 음악을 듣는 걸까 궁금하지만
누군가의 차를 탈 때
차종이 무엇인지에는 관심이 없다

하늘을 떠다니는 구름 넓이에는 자주 감탄하지만
다른 집 아파트 평수에는 관심이 없다

꽃 피고 나뭇잎 물드는 속도와
누군가에게 마음 끌리는 속도에는 관심이 많지만
저축의 속도엔 관심이 없다

양말 개수는 자주 확인하지만
내 칭찬이나 험담 하고 다니는 인원수엔 관심이 없다

밥값은 항상 내려 하지만
인생에서 밥값 잘하고 있는지는 자신하지 않는다

가로등처럼 밝은 성격과
확성기처럼 작은 약속도 크게 지키려는 마음
한번 용서한 건 두 번 다시 들먹이지 않는 깨끗함, 같
은 것들

갖지 못했지만
늘 관심이 많다

운동장이나 링 위에서 심판이 이긴 선수의 손을 들어올리
듯이 그녀의 한쪽 팔을 들어올리며 외쳐봅니다.
그녀 만세!

가게 내놓습니다

한 가게 앞에
종이가 붙어 있다

'가게 내놓습니다'

한 친구가 옆 친구한테 발 동동 구르듯 말한다
이 가게 공사 싹 다 새로 하고
문 연 곳인데
장사가 너무 안되나 봐. 어떡하니

옆 친구, 아무렇지도 않게 말한다

처음부터 비싸게 팔려고
수리한 걸 거야

앞의 친구는 사람을 잘 알고
옆의 친구는 세상을 잘 아는 걸까

❖

가게 앞에 나붙은 '가게 내놓습니다', '가게 세놓습니다'라는 문구는 늘 왠지 마음이 아픕니다. 특히 내부 집기나 비품도 채 안 뺀 상태로 일을 접은 게 틀림없어 보이는, 아무도 없는 실내 유리문 안쪽 바닥에 거두지 않은 우편물과 광고지들이 잔뜩 흩어져 있는 가게 앞에 나붙은 그 문구는 더더욱 마음이 아픕니다.

저 손해와 실패가 얼마일까…… 마음이 얼마나 쓰라리고 절망스러울까…… 내 가족의 손해와 실패를 보는 것 같아집니다.

사실 안내문 붙인 사람이나 텅 비워진 사무실 주인이 옆 친구 말처럼 사무실이나 가게 하나쯤 아무 때나 접고 그만둬도 평생 돈 걱정 없이 살 수 있는 건물주나 건물주 아들딸일 수도 있는데 말이죠.

생각하는 거나 세상을 보는 시선이 정반대여도 때론 친구가 됩니다. 누가 누구 영향을 더 크게 받게 될지는 몰라도.

4장

낡은 구두를 버리다

낡은 구두를 버리는 건
옷을 버리는 것과는 또 다른 일

다 치른 시험지를 버리는 것 같은
줄자처럼 따라온 끈을 버리는 일

2020년 봄의 무릎바지

세상을 놀라게 한 역병 때문에 재택근무하다 보니
아내가 종일 입고 있는
무릎 나온 바지가 자꾸 눈에 거슬린다

좋은 바지 좀 입지 그러느냐고
핀잔 주려다가 문득

미혼의 직장동료 시절
회사에서 가장 옷 잘 입는 여직원이었던
그녀의 찬란한 시절을 떠올린다

나는 그때 어려운 시험 도전 중이라
데이트도 무릎 잔뜩 나온
단벌의 추리닝만 입고 독서실 앞에서나 만났는데
군말 없이 멋있다고 응원해주던 그녀

울컥 창밖으로 고개를 돌리니

목련 나뭇가지들도 다
무릎 튀어나온 흰 바지들을 입고 있다

미혼 시절엔 최고 패셔니스타였다가 결혼하면서 자신의 옷은 거의 안 사고, 사도 금세 무릎 나오는 싸구려 추리닝 바지만 사는 여자분들, 참 많을 겁니다. 사실 집안일하고 아이들하고 씨름하다 보면 그런 바지가 제일 편하기도 하고, 바지에 무릎이 나왔는지 들어갔는지도 신경 못 쓸 때가 많습니다.

2020년 3월 현재 전 세계가 코로나 바이러스 사태로 휘청대고 있습니다. 재택근무하는 직장인들도 많고 출근 안 하는 남편과 등교 안 하는 아이들 옆에서 24시간 불침번 서는 기분이라는 주부들도 있습니다.

실내복의 무릎만 나오는 게 다행이다 싶은 날들. 서로서로 이해하고 인내하면서 잘 넘어가 이 책 나올 때엔 언제 그랬냐는 듯이 모두가 그리운 일상을 다시 시작하고 있기를 바라봅니다.

온통 순이들

아이한테 봄 나무와 풀에 싹트는
연한 싹, 새순 얘기해주다가
두 이름이 떠올랐다

내 외할머니 이름은 김순이
내 친할머니 이름도 박순이

그 할머니들 어린 시절에는
봄이면 산과 들엔 온통 연두색 새순들
마을엔 온통 크고 작은 여자 순이들
온 세상이 순이 천지였단다

그래서 그 시절
다닥다닥 더 연하고 순하고 가난하고 상처 많고
정겨웠을 것 같은 봄

❖

'순이'란 이름. 한때는 우리나라 여성들을 가리키는 일반 명사, 대명사다시피 했죠. 이름이 '순이'가 아니면 '영순', '순덕'처럼 앞뒤 글자 한 자에라도 들어갔던 이름글자였습니다. 하지만 이젠 거의 안 씁니다. 한 통계에 의하면 2008년도부터 2019년 사이 출생신고된 여자아이 이름 중에 '순이'란 이름은 여섯 명뿐이었다고 합니다. 그 숫자가 한편으론 여섯 명이나 된다니, 많아서 놀랍기도 하고 아무리 그래도 여섯 명밖에 안 된다니, 적어서 놀랍기도 합니다. 어쨌든 비슷한 연배에 같은 이름이 여섯 명이면 아주 드문 이름이니 세월이 지나면 '순이'란 이름이 다시 가장 세련되고 이국적인 이름으로 재등장하는 거 아닌지 모르겠습니다.

나무나 풀에 나는 새순은 예나 지금이나 아마도 먼 미래까지도 한결같이 '순'일 것 같은데 말이죠…….

나누다

근처에 사과나무도 사과농장도
하다못해 과일가게도 없는데

어디선가 사과꽃들인지
사과꽃 닮은 사과향기 가진 흰 나비들인지
가득 날아와

어둡던 창을 온통 새하얗게 동 틔운다

어젯밤 열 시 사십 분쯤부터 시작된 대화
나누고 나누고 나누고 나누고 또 나누다 보니

커다란 나무들도 무수한 사과꽃잎으로
나뉘고 나뉘고 나뉘고 나뉘고 또 나뉜 것인지

어둡던 창 온통 사과빛으로 밝아오니

나무들의 무수한 꽃과 잎은
대화의 흔적이었구나
겨울 나뭇가지들은 침묵의 대화란 뜻이었겠구나

새로운 방식의 대화를 한다는 건

사과꽃의 힘으로 밝아오는 아침 유리창을
갖는 거구나

사과꽃으로 인생을 새로 시작한다

❖

　말만 하면 서로 싸우게 된다는 연인이나 부부들, 참 많습
니다. 말하는 방식, 대화를 나누는 방식이 이미 패턴화됐다
는 뜻입니다. '패턴'은 외국어를 익히는 데는 유용하지만 말
싸움의 경우엔 전혀 도움이 안 됩니다.
　그런 '패턴'을 사과꽃 향기 넘어오는 것 같은 대화에 밤새
우는 줄 모르는 패턴(그래도 밤은 너무 자주 새우지 마시길
요)으로 바꾸기 위한 중요한 방법으로 심리학서들에서 꼽는
것 몇 가지만 요약해보면,
　－지금까지의 대화방식을 바꾸겠다는 두 사람 간의 동의
　－서로 이십 분씩 번갈아 길게 충분히 말하고 들어주기
　－얘기 도중에 언성 높이는 쪽 무조건 벌금
　－상대방에 대한 지적 일체 금지. 오히려 내 단점 먼저 밝
히고 개선법 의논하기, 등입니다.
　관계든 뭐든 개선을 위한 쉬운 방법이란 존재하지 않는다
는 깨달음을 주는 방법들입니다. 어렵지만 꼭 성공해서 사과
꽃 아침을 맞으시기 바랍니다.

발성 연습

오랜만에 만난 동창생이
월급을 자꾸 묻길래
약간 부풀려서 대답한 뒤에

다 갖춘 완벽 남자친구와
지금도 잘 만나느냐는 부러움에
순간 고개를 끄덕인 뒤에

초호화 유럽 크루즈 여행 다녀온 친구에게
나도 준비 중인 것처럼 늘어놓은 뒤에

초록잎 무성한 숲에 들어가
혼자 수십 번 발성 연습한다

'내 월급은 이것밖에 안 돼'
'그 사람한테 차인 지 벌써 두 달째야'
'제주도도 쉽게 갈 형편이 안 돼 지금은'

아, 에, 이, 오, 우, 발성 연습하듯
그 문장들을 발성 연습한다

초록잎들 머리에 가슴에 단 나무들

거짓말쟁이에게
그래도 음치는 아니라고
계속해보라고 응원해준다

❖

반성합니다. 회당 4천만 원 고료를 받는다는 드라마작가 후배가(미니시리즈 20부작을 한 편 하고 나면 도대체 수입이 얼만 건가요……) 그에 비하면 아예 숫자도 보이지 않을 제 라디오작가 고료를 끈질기게 물어보길래 라디오작가 전체의 자존심이 걸린 듯이 슬쩍 앞자리를 하나 올려 대답한 적이 있었습니다.

반성합니다. 호화 해외여행을 준비 중이란 식의 거짓말을 한 적은 전혀 없지만 혼자 여행 갈 때마다 게스트하우스 다인실에 머무는 게 꼭 돈이 아까워서만은 아니라고 말한 적은 있습니다. 실제로 돈 외의 다른 더 큰 이유가 있는 것도 사실이긴 하지만 그래도 비싼 호텔에서 묵고 나면, 이 돈이면 차라리 여행을 한 번 더 할 수 있을 텐데 돈 아까워하며 후회하곤 합니다. 그런데도 돈 문제가 아닌 듯 말한 적이 있었습니다.

차이는 문제라면 반성할 게 없습니다.

연애 시절, 늘 차일 것 같은 기미가 개미 눈곱만큼만 보여도 먼저 도망하는 스타일이었기 때문에 심지어 시작하자마자 차일까봐 무서워서 도망 준비만 하던 스타일이었기 때문에 차일 일이 없었습니다.

하긴 그런 태도도 반성해야 한다는 걸 나중에 알았지만요.

성인의 날

스무 가지의
상처와 실수

스무 가지의 책임과 포기

스무 가지의 거짓말과 가면

좋은 말은 다른 사람들이 다들 하니까
저는
반대편을 가리켜봤습니다

그런들 그까짓 것들. 하시길

그대들 오늘부터
자그마치 이십대니까!

❖

　스무 살이라니. 좋겠습니다.

　제가 뭐라고 썼든 신경 쓰지 마시고 '참양지꽃'과 '그늘송이풀', 두 종류의 꽃과 풀이 기다릴 세상에서 부디 끝까지 끈을 놓지 말아야 할 것은 오직 마음에 품은 꿈이란 것을 잊지 마시기 바랍니다.

　축하합니다.

나를 위한 시

불안과 포기를 걷어낼 것

화나 미움은 대개 열등감의 한 분출 방식임을 기억
할 것

어리석고 인색하니 헛짚는 법
끝없이 지혜와 덕을 구할 것

모든 존재에 대한 깊은 연민 때문에
마음 아플 일도 많겠지만

받지 않아야 할 상처에
지나치게 오래 자신을 방치하지 말 것

넓은 바다와 들,
높은 산과 정다운 골목들을 철학의 기준으로 두고

새와 나비처럼 자유롭고 독자적이고 독립적일 것
고유할 것

고유하되
타인의 손, 끝까지 놓지 말 것

매사 순한 마음이 불러오는 순조로움을 믿을 것

얽매이거나 집착하지 말 것. 그래야 자유롭고 독자적일 수 있겠죠. '독립'은 초등학교 2학년쯤부터 스무 살 성인이 되면 꼭 이루리라고 마음에 새겨둔 인생 최고의 대사大事여서 직장생활 2년 만엔가 마침내 집에서 나왔습니다. 그런데 언젠가부터는 '독자적'이란 단어가 자주 마음에 떠오릅니다. 독자적이고 고유한 자신을 깨닫고 지킬 줄 알면 세상에 무서울 게 하나도 없다는 생각이 듭니다.

4월, 그리움의 시

그리움으론 아무것도 할 수 없다지만
그리움 아니고는
아무것도 할 수가 없다

그리움만이
저 천 리 구름 뒤에 가 있고
저 만 리 별빛에 가 있는 너를
이렇게 바로 곁에 있게 한다

무엇 하나 네 손 아닌 게 없어서
바람 소리 하나 놓을 수 없는

그리움 있는 한
이곳에 너 없다 생각 안 하지만

언제든 다시 만나는 날엔
너 떠나고 나무처럼 한자리 멈춰버린
날 알아봐다오
우릴 알아봐다오
달려와서 다시 한번 엄마라고 아빠라고 부르며
품에 안겨다오

자식을 먼저 보낸 부모님 심정을 어찌 다 안다고 말할 수 있을까요. 그 부모님들 그 아들딸 다시 만나기까지 그리움이 절망이 아니라 구원이 되어주길 기도해봅니다.

소금 보러 간다

소금처럼 쓰디쓴 날에는
흰 소금꽃 피는 마을엘 가자

지상에서 햇빛을 가장 잘 쓰는 곳
최고의 맛을 빚는 곳
햇빛이 바다를 만들고
바다가 햇빛을 만드는 곳

인류가 탄생한 곳은 아마도 그곳

신神은 어쩌면 소금 마을의 가장 오래된
소금을 가장 잘 아는
소금을 가장 잘 키우는 노인

바닥에 고인 쓰라림
어떻게 흰구름이 되는지
그 구름들 햇빛을 타고 내려와
어떻게 목과 몫이 되는지

물레방아 수차
맨발의 염도를 가장 잘 아는

신神의 식량을 보러
쓰디쓴 날에는 소금마을에 간다

　인간에게 없으면 안 되는 최저 기초성분이 단맛이 아니고 쓰디쓴 소금 맛이란 거…… 인생의 눈부심은 소금 같은 쓰라림에서 나온다는 증거가 아닐까 싶습니다.

　그래서 상처와 실패로 마음이 엉망인 날은 인생의 본질을 돌아보게 하는, 인간의 구성입자를 돌아보게 하는 소금마을을 찾아가도 좋겠습니다.

　도저히 삼킬 수 없을 것 같은 쓰라림이 세상에서 가장 눈부신 식량이 되는 소금마을. 세상에서 햇빛을 제일 잘 쓰는 소금마을을.

잘못 내린 기차역에서

안개는 짙고 갈 곳은 먼데
낯선 나라
낯선 기차역에 잘못 내려본 적이 있는지

잘못 내렸다는 걸 깨달은 순간
보이는 기차의 뒷모습

늘 인생을 이런 식으로 망쳐왔다고
무겁게 자책하며

다음 기차는 여덟 시간 뒤에나 있는데

역사 주변엔
믿을 수 없을 만큼 황량한 벌판과 안개뿐
선뜻 들어갈 찻집 하나 보이지 않는
안개 속을 헤매본 적이 있는지

좀 더 멀리 헤매면 짙은 안개 속으로
그나마 기차역도 사라지고
마을과 들판과
나까지 영영 실종될 것만 같아서
낯선 기차역 문에 붙어선 채

여덟 시간을 안개만 지켜본 적이 있는지

기차를 잘못 내렸다는 걸 깨달은 순간 스스로에게 화가 나 견딜 수가 없었습니다. 거기까지 오는 동안 기차가 멈춰 설 때마다 정거장 이름을 확인하면서 앞으로 일곱 정거장 남았다, 여섯 정거장 남았다, 짚어가면서 왔죠. 그런데 불과 두 정거장을 앞두고 아주 잠깐 해찰하다가 같은 알파벳으로 시작하지만 중간 이후 알파벳은 다른 정거장에서 후다닥 기차를 내려버린 것이었습니다. 내릴 때는 하마터면 내리는 정거장을 놓칠 뻔했다고 안도의 숨까지 내쉬었었죠.

그러나 곧 기차가 문을 닫고 출발하는 순간 뭔가 기분이 이상하더니, 그랬습니다. 잘못 내린 것이었습니다. 안개가 무섭도록 짙은 날이었는데…… 너무 막막하고 두려워서 잠시 모든 사고체계가 정지되는 기분이었습니다.

그러나 역시 시간이 지나 돌아보니 그런 짙고 긴 안개를 어디서 또 만나볼지 마치 꿈속의 어떤 장소를 실제로 만나본 기분입니다. 그 두렵고 막막했던 감정조차 가장 원본에 가깝게 보존하고 싶어집니다. 추억은 무슨 일에나 늘 절대적인 최종 승자입니다.

오월의 봄비는

출산 몇 달 만에 처음 마시는 커피 같고 맥주 같고

맘에 드는 머리 하고 미용실 나설 때의 감촉 같고

사랑하면 희한하게 발톱 안 꺼내고 뺨을 퍽퍽
고양이 젤리발바닥 같고

장미꽃이 우산 같고 검정 우산이 장미꽃 같고

무표정하던 사람들
모딜리아니 그림 같아지고
눈썹 젖어 길어지고

머잖아 드넓은 여름바다와 파도 같은 흰구름들
싹 틔우려
부지런히 땅에 이랑을 내는

오월의 봄비……

＊

　오월의 봄비랄지 초여름 비랄지 비가 내립니다. 모딜리아
니를 닮은 비. 사람들을 모딜리아니로 만드는 비.
　하던 일 다 접고 집에 가고 싶습니다. 집에 있으면 우산 쓰
고 카페엘 가고 싶었겠죠.
　어디가 됐든 하던 일 멈추고 가서 창밖을 내다보면서 비
구경하다가 책 읽거나 하고 싶습니다.
　모딜리아니는 목과 눈을 길게 늘였지만 오월의 비는 시선
과 마음을 길게 길게 늘입니다.

지그재그론

돼지꿈만 길몽이 아니라
달팽이꿈도 길몽이라고 한다

느린 달팽이꿈을 꾸면
오래 기다려온 일이 이뤄진다는 것

종이 한 장 직선으로는 세울 수 없는데
지그재그 접으면 거뜬히 세울 수 있다

머리 가르마 계속 한쪽으로만 타면
그 부분의 초록잎들 쉽게 시드는데
지그재그로 타면 싱싱함 오래간다

취한 사람들 괜히 갈지자 비틀대는 게 아니라
똑바로 귀가하려는 지그재그

인생 대단치 않다며
단추달기나 커피 한잔의 행복을 믿는 사소 종교와
한 번뿐인 인생 온 세상을 들겠다는 거대종교를 잇는

달력이라는 최고의 지그재그도 있다

산꼭대기 오르는 도로는 직선이 아닌 지그재그로 휘돌아 오르게 되어 있죠. 멀리 휘도는 그게 정상으로 오르는 지름길입니다.

미용 전문가들에 의하면 가르마를 계속 한 방향으로만 타면 그 부분이 햇빛 등에 더 많이 노출돼서 그 주위에 탈모 현상이 생길 위험이 높다고 합니다. 그래서 가끔씩 방향을 바꿔주든가 아예 지그재그 가르마를 타라고 권합니다.

할리우드의 한 배우는 앞집 살던 여성과 사귈 듯 사귈 듯하다가 사귀지 못했는데 결국엔 십 몇 년 만에 둘 다 먼 길 돌아와 결혼에 이르기도 했습니다.

빨리 잘 안 풀리는 일, 시간만 너무 오래 잡아먹는 것 같은 일이 실은 더 좋은 결과를 향해 제대로 가고 있는 건지도 모를 일입니다.

유월의 결심들

시간 낭비하기!
- 집에서 정거장까지
장미꽃 좀 더 많은 길로 빙 돌아서 다니기

옷장 버리기!
- 옷들 못 버리면 차라리 옷장을 버려버리기

선착순 3인!
- 창밖 흰 구름 눈부심에 울컥해서 전화했다는 친구들
커피 사주기

경기 중인 선수처럼만 화내기
- 더 화내면 무조건 경고 혹은 퇴장이다

때때로 울기
- 울면 청소도구 없이도 청소되는 우물 같은 눈

외국어 배우기
- 희랍어 같은 거 배워서 일기 쓰기
누구도 읽지 못하도록

한국어 배우기

- 제일 많이 배워야 할 언어

가벼워지기
- 육월이 기역 받침 떨어내고 가벼운 유월 되듯이
너무 많은 결심이나 각오의 추 매달지 않기

『좁은 문』의 작가 앙드레 지드가 한 말이 생각납니다.
"지옥에는 당신이 살아 있는 동안 끝내지 못한 일들을 몇
번이고 다시 시작하는 것 말고 다른 벌은 없다."
새해 첫날도 모자라서 새달이 시작될 때마다 비슷한 결심
을 되풀이하는 거 지금 지옥에서 벌 받고 있다는 증걸까요?
그럼에도 또 비슷하면서도 새로운, 새로우면서도 비슷한 결
심들을 다시 해봅니다.

휴대폰식 출현

휴대폰 문자 보내면 이틀 뒤에나 보고
답도 잘 안 하면서
함께 있을 땐
내내 휴대폰 문자만 하는 친구. 섭섭하다

휴대폰 단톡방에서 다들
모임 날짜며 장소에 인원 파악에
의견 주고받을 때
바쁘고 고상한 듯 단 한 마디 거들지 않다가
늘 당일에 주인공인 듯 출현하는 친구. 얄밉다

오늘은 꼭 한마디 해주리라 마음먹고
단단히 출입문을 보는데

내 문자 확인했니?
올 거니? 제시간에 올 거니? 물을 때마다
대답 한번 없던

여름이
첫 반팔 차림으로 쓱 문 열고 들어온다

반갑고 멋지다

❖

　그런데 사실 휴대폰 문자가 됐든 뭐가 됐든 너무 무성의한 태도는 친구 사이를 계속 유지하기엔 좀 곤란하죠. 휴대폰 문자 자체를 별로 좋아하지 않는 취향 때문일 수도 있고, 그런 취향은 서로 존중해야 하지만요 – 사실 저도 문자나 통화, 썩 좋아하지는 않습니다만.

　아무리 그래도 '성의' 문제도 너무 불균형하면 계속 좋은 친구로 지내기는 좀 힘들지 않을지요…….

거대한 사소함들

한 학설에 의하면
공룡은
독성 극심한 아주 작은 풀꽃 하나 때문에
멸종에 이르렀다고 한다

생물학에서 유전을 연구할 때
가장 중요한 존재는
'노랑초파리' 같은 잘 보이지도 않는 작은 초파리라
고 한다

고대 그리스인들이
지구 크기를 짐작할 때 사용한 건
한 뼘의 막대기였다고 한다

지구의 모든 소리를 듣는 데는
귓속의 조그만 달팽이관 두 개면 된다

세상 모든 인간을 저버리거나 되찾는 데에도
몸 안 어딘가에 있다는
작은 심장 하나면 되듯이

조너선 스위프트의 소설 『걸리버 여행기』엔 지극히 사소한 문제로 백성들이 반란까지 일으키는 얘기가 나옵니다. 그 사소한 문제란, 달걀을 깰 때, 큰 모서리 쪽으로 깨는 게 맞는지, 작은 모서리 쪽으로 깨는 게 맞는지의 문젭니다. 그 문제를 놓고 왕실과 백성들이 양쪽으로 갈라져 싸우다가 마침내는 반란이 일어나고 급기야 왕은 목숨까지 잃죠.

　알랭 드 보통의 소설 『왜 나는 너를 사랑하는가』에서는 주인공이 비행기 옆자리에 앉은 여성과 사랑에 빠집니다. 그는 두 사람의 만남이 운명적이란 걸 증명해주는 것들로 그 많은 비행기 좌석 중에서 하필 바로 '옆자리에 앉았다는 사소할 수도 있는 우연' 말고도 똑같은 어금니에 충치가 있다는 식의 사소한 일치점들을 수도 없이 찾아내곤 합니다.

　라우라 에스키벨의 소설 『달콤 씁싸름한 초콜릿』에 등장하는 할머니는 말합니다. "우리들 모두의 가슴속엔 성냥이 한 갑씩 들어 있다."

　달걀과 어금니의 충치와 성냥 한 갑으로 한 나라가 뒤집히고 운명 같은 사랑이 찾아들고 사랑이 불타오르는 것. 사소함을 동반하지 않는 위대함은 없는 거겠죠.

　오늘 해야 할 일 중에서 가장 사소하다고 생각하는 일 세 가지를 떠올려봅니다. 그게 어쩌면 내 인생 전체를 바꿀 위대한 실마리가 될지도 모르겠습니다.

가끔은

조금만 떨어져 앉아주세요

작은 화분 다섯 개쯤 들어갈 만큼
커다란 가로수 두 그루 서 있을 만큼

때론 훨씬 더 멀리
강물 이쪽과 저쪽만큼

심지어 서로 다른 나라로
멀리 아주 멀리

싫어서는 아니에요
헤어지려는 것도 아니에요
영원히는 절대 아니에요

이유는 알 수가 없어요
그래서 말할 수도 없어요

당신도 마찬가지겠죠

❖

  사랑하는 사람들에게도 '권태기'란 시기가 있는 거겠죠.
그게 아니어도 사람에겐 본능적으로 혼자만의 시간과 공간
이 필요할 때가 있지 않을까 싶습니다. 그걸 의식하는 사람
과 의식하지 않는 사람의 차이가 있을 뿐.

이별의 충격

1.
뒷마당에 커다란 감나무가 있는
청도 친구 집
늦가을 밤늦도록 친구 방에서
오랫동안 밀린 얘기 나누다 잠들었는데

어느 순간
갑자기 어디선가 산이 무너지고
바윗돌 굴러떨어져 지붕을 덮치는 소리가 났다
방바닥이며 벽이 마구 흔들리고 갈라지는 굉음.
깜짝 놀라서 어둠속 벌떡 일어나 앉았는데

감나무에서
감잎들 떨어져 내리는 소리였다

2.
돌아보니
당신과 헤어질 때 나던 소리였다

❖

　늦가을 감나무에 매달린 감잎은 다 시들어 아무런 무게감도 없습니다. 그런데도 한밤중에 문득 들려오는 감잎 떨어지는 소리는 쿵! 바윗돌 굴러떨어지는 소리 같습니다. 집이 다 흔들리는 충격이 느껴지기도 합니다.

　이별도 그런 충격의 세기를 가졌겠죠. 심장에서 매일 바윗돌 굴러떨어지는 소리가 들리는, 집이 아니라 세상 전체가 눈앞에서 무너져내리는 충격의 세기를 가졌을 겁니다.

　그러나 시간이 지나면 그 엄청난 충격과 두려움의 정체가 메마른 감잎 하나였음을 알게 됩니다. 그러므로 아무리 이별의 충격이 커도 끝끝내 견디고 살아남는 것, 그것도 인생에 대한 소중한 예의가 아닐까 생각해봅니다.

새로운 기다림

당신의 전화를 기다렸습니다
너무 오랫동안 기다렸습니다

연못처럼 그 자리에서 꼼짝도 않고
빗소리도 전화벨 소리로 들으며
당신을 기다렸습니다

이제는 아닙니다
지금은 다른 사람입니다

당신보다 더 잘 웃고, 더 경쾌하고
하고 싶은 일도 더 많고,
모든 일에 결정도 더 빠르고
코도 더 높고 지갑도 더 큰 사람을 기다립니다

당신 전화 기다리기 전의
나, 바로 나를 기다리는 중입니다

❖

　그녀는 간절히 기다린다며 약간 웃어 보였습니다. 헤어진
옛 연인이 아닌 '예전의 나', '밝고 단단하고 좋은 계획도 많
고 그 계획들에 성실했던 나'를 기다린다며 꼭 되찾고 싶다
고 약간 웃어 보였습니다.

　시간과 경험은 되돌릴 수 없는 법이고 과거에 집착하는 게
좋은 일이 아니라지만, 사랑과 이별이 인생 전체를 망치지
않도록 그녀가 그토록 그리워하고 기다리는 '과거의 그녀'를
꼭 다시 만나 미래의 그녀로 살길 기원합니다.

고향이 있다는 건

고향이 있다는 건

지구 위 어디엔가

내 이름을 가진 시냇물과 강과 바다,
뒷산과 언덕이며
바람과 구름이 있다는 뜻이다

내 앨범속 내 가족사진과 똑같은
나무들이 줄지어 서 있다는 뜻이다

내 귀와 똑같이 생긴 골목들
내 입과 똑같이 생긴 음식들이 있다는 뜻이다

내 눈썹처럼 아무리 봐도 정확히 헤아릴 수 없는
밤하늘의 별들이

다른 도시에서 허름해져가는 나의 귀가를
간절히 기다린다는 뜻이다

❖

어린 시절을 보낸 동네며 다녔던 초등학교가 같은 서울 안에 있습니다. 어쩌다 찾아가 보면 동네며 학교며 거의 알아볼 수 없을 만큼 많이 변하긴 했습니다. 그러나 아주 드물게나마 옛 모습이나 흔적을 그대로 간직한 곳들을 발견할 때도 있습니다. 그때마다 가슴이 뜁니다. 한편으론 깜짝 놀라게 됩니다. 양옆으로 치워진 눈이 담장보다 더 높았던 골목이며 학교로 가는 길목의 문방구들, 이웃마을까지의 길들이 모두다 어릴 때 느꼈던 크기와 넓이의 십 분의 일이나 이십 분의 일밖에 안 되는 것 같기 때문입니다. 갑자기 레고 마을에 들어선 거인이 된 것 같아집니다.

고향은 그렇게 사람을 거인으로 만드는 곳⋯⋯ 타지에서 내 마음보다는 세상의 기준에 맞게 바뀐 허름한 옷을 깨끗하게 다시 갈아입혀주는 곳.

고향은 비단옷을 입고 찾아가는 '금의환향'의 장소가 아니라 가서 비단옷을 다시 찾아 입는 '금의보관소' 같은 곳이 아닐까 생각해봅니다.

247

12월의 시

열심히 해도 안 되는 일은 버리자

멋대로 하지 말았어야 했던 일과
뜻대로 고집했어야 했던 일 사이를 오가는 후회도
잊자
그 반대도 잊자

오래된 상처는 무딘 발뒤꿈치에게 맡기고
허튼 관계는 손끝에서 빨리 휘발시키자

빠르게 걸었어도
느리게 터벅였어도
다 괜찮은 보폭이었다고
흐르는 시간은 언제나 옳은 만큼만 가고 왔다고 믿자

어떤 간이역도 다 옳았다고 믿자

인생의 기차는 매일 8시가 아닌 밤 12시에 떠나고 당도합니다. 그때마다 삶은 새로운 간이역에서 다시 시작됩니다. 12월은 그런 간이역의 정체가 한꺼번에 다 드러나는 달입니다. 그래서 아쉬움과 후회와 반성도 커집니다. 그러나 너무 잦은 반성도 몸과 마음에 해롭습니다. 12월이라고 무조건 다 잊거나 무조건 다 잘했다고 위로하는 것만이 최선은 아니겠지만 곧 다시 떠날 간이역에서 너무 오래 꾸지람 들은 아이처럼 서 있고 싶지도 않습니다.

흰 편지봉투의 계절

겨울은 흰 편지봉투의 계절

햇빛에도 눈발에도 달빛에도
어디에나 흰 편지봉투가 열리는 계절

흰 편지봉투마다 그리움이 어룽대는 계절

날마다 밤을 새워도
다 읽을 수 없는데

창밖 작은 새 한 마리
어느새 다 읽고 다 알았다는 듯
다 전하겠다는 듯

흰 봉투 물고 후드득 날아가는 계절

❖

잘 전했을까요? 잘 전했겠죠?
답장도 물어다 줄까요?
기다림이 세상을 다 덮는 흰 편지봉투 같은 계절입니다.

말이 없는 전화는

그녀의 휴대폰이 울렸다
모르는 번호라면서
그녀는 여보세요, 전화를 받았다

상대방이 아무 말이 없는 걸까
아니면 소음이 심한가
그녀는 여보세요. 여보세요! 누구세요?
계속 물었다

저쪽은 여전히 침묵하는 것 같았다

우리들은 한마디씩 했다
 - 휴대폰이 주머니 속에서 저 혼자 잘못 눌릴 때가
있어
 - 택배 아저씨 아닐까?
 - 광고나 보이스 피싱일지도 몰라 그냥 끊어

이상하게 그녀는 끊지 않았다
오히려 애써 침착하게 되풀이했다
여보세요 말씀하세요 여보세요 말씀하세요

우리는 문득 깨달았다

아직도 기다리는구나……

잠시 후 그녀의 눈에
눈물이 고였다

그녀가 전화기 들고 밖으로 나가지 않으면
우리가 우르르 자리를 비켜줄 생각이었다

전화 걸어놓고 말이 없는 전화. 헤어진 연인의 전화일 때도 있죠. 그걸 확인하는 순간 한꺼번에 밀려드는 감정, 참 복잡합니다. 안도감이 들면서도 불안하고, 설레면서도 밉고…… 확인하는 순간 그냥 끊어버리지 않는 자신이 한심스러우면서도 당연한 것 같고…… 참 복잡합니다.

더욱이 저쪽에서 '실은 헤어지고 계속 후회했다. 한시도 널 잊은 적이 없다. 우리 다시 시작하자' 고백하면 그 고백이 잠시의 외로움 때문인지 후회에서 오는 진심 어린 고백인지 또다시 독심술의 세계로 빠져들게 됩니다. 상대방의 진심을 아는 일, 참 어렵습니다.

낡은 구두를 버리다

낡은 구두를 버리는 건
옷을 버리는 것과는 또 다른 일

다 치른 시험지를 버리는 것 같은
줄자처럼 따라온 끈을 버리는 일

무엇을 위해 집을 나섰는지
어떤 소원을 선택했는지 포기했는지
몇 월 몇 시 몇 분에 누구와 있었는지
나만의 세계를 버리는 일

낡을수록 보관하고 싶은 기억들
더 많이 깃들어 빛나는

낡은 시간들에 표창장 건네는 일

❖

　낡은 구두를 버리는 느낌은 옷을 버리는 것과 확실히 다릅니다. 옷보다 더욱 밀착된 것, 내가 지나온 일상과 사회생활과 꿈의 여정을 버린다기보다 한 단락 짓는다는 기분이랄까요. 구두를 신는다는 건 집밖으로 나간다는 뜻이고 그건 주로 나의 주된 일상과 가족 외의 관계들, 사회생활, 더 나아가서는 내 인생을 위해 움직이는 것일 때가 많으니 그렇겠죠.

　싫증이 나서가 아니라 열심히 신고 다녀서 낡고 허름해진 구두. 신발장에 오히려 나란히 보관해두고 싶습니다. 그러나 버리는 기분도 부지런히 잘 살았다고 시간이 주는 훈장같이 후련하고 떳떳하기도 합니다.

새해에는 수북수북

어여쁜 함박눈처럼 수북수북
녹아서 없어지지만 흔적들 아름다운 것들로 수북수북

글과 음악과 그림들 가슴에 수북수북
매일 한 편씩 그 여운들 어느덧 수북수북

외국어 배우면 갓 태어난 아기로 새출발 할 수 있다
말을 처음부터 배우는 건 두 번째 태어나는 일
언제고 말문 트이겠지 하루에 한 페이지씩 느긋하게
수북수북

하루 한 가지 감동적인 일들
혹은 하루 두 가지 고마운 일들 무조건 적기 수북수북
어렵지 않아 어렵지 않아 내가 3년째 하고 있는걸

하루에 계단 하나씩만 오르기
쉽지 않아 쉽지 않아 그 계단 내 마음속
내 꿈 눈에 보이지 않아 어렵지만 차근차근 수북수북

마음에 쏙 드는 수첩 하나와 처음 꺼내 신은 새양말
하나면
새해 일 년 좋은 일 수북수북

좋은 일만 바라려면 좋은 일만 해야 하는데
그건 어렵고 곤란하니
슬픔과 고통, 좌절과 시련도 인생 별빛이려니
별빛 없는 밤, 밤 없는 별빛은 가짜려니 수북수북

집과 티브이와 식탁과 휴대전화를 바꿔도 좋지만
제일 중요한 건 사람을 바꿀 것
바꿔야 할 제일 중요한 사람은 나라는 깨달음을 수
북수북

아 빠뜨릴 뻔했네 사랑 그래요 사랑 행복과 희망의
뿌리
,라지만 그것도 자격시험 같은 노력을 통과해야 수
북수북

미움이나 험담, 비교와 경쟁 전혀 안 할 수는 없으니
조금씩만 줄이고

오늘은 축배를!
내일은 모르겠으되
분기별로 한 번씩은 꼭 축배를. 술 못하면 음료수로!
녹아서 없어지지만 흔적들 아름다운 것들로 수북수북
인생 어여쁜 함박눈처럼 수북수북

심리에 관한 방송 코너를 2년쯤 하고 그걸 두 권의 책으로 묶어 내면서 배우고 깨달은 — 아마 대학도서관의 심리 관련 서가에 꽂힌 책들은 대충이라도 다 한 번은 훑지 않았을까 싶습니다 — 그러면서 깨달은 제일 중요한 건 오직 한 가지 '내가 변해야 다른 사람이 변한다'는 것입니다.

거기에 제가 개인적으로 한 가지를 덧붙인다면 분기별로 한 번씩은 꼭 축배를 들 것. 축배 들 일 만들 것. 술 못하면 물론 물이나 음료수로라도!입니다.

어버이날, 사진꽃을 달아드리자

어버이날에는
부모님 옷섶 카네이션 옆에다
사진꽃도 달아드리자

두 분의 어린 시절이나 젊은 시절 사진을
조그맣게 인쇄해서
투명 명함판에 넣어 카네이션 옆에 달아드리자

보는 사람마다 놀라고 재밌어할 옛 모습들

나도 이런 시절이 있었다고 자랑도 하고
그 시절 추억담도 나눌 수 있는 사진
다시 그 시절로 돌아간 듯 하루 종일 젊어질 부모님

아들딸, 손주들에겐
두 분에게도 부모나 할머니 할아버지 이전의 삶이
있었구나,
꿈 많은 시절이 있었구나,
새로운 발견과 실감이 찾아들 테니

어버이날에는 사진꽃을 달아드리자
부모님 가슴에 든 어리고 젊은 시절을 꺼내드리자

❖

　부모님의 미혼 시절이나 젊은 시절은 사진으로밖에는 만날 수 없죠. 그런 사진 하나 조그맣게 프린트해서 투명 명함 판에 넣어 카네이션 옆에 꽂아드리는 거, 어떨까요…… 사진 보는 사람마다 아휴 젊은 시절에 정말 젊으셨네요(!) 정말 멋쟁이셨네요, 한마디씩 하면 부모님들 기분도 좋고 그 시절 추억하기도 좋고 내 부모님이나 할머니 할아버지한테도 나 같은 젊은 시절이 있었구나, 꿈도 있고 미래에 대한 불안과 기대가 넘치는 시간들이 있었구나, 실감하고 이해하기도 좋지 않을지요…… 저는 부모님 모두 돌아가시고 안 계셔서 해드릴 수 없지만요.

가을입니다

며칠 사이에
복사지처럼 얇게 느껴지는 여름옷들

그 복사지로는

물들기 시작한 가을 은행잎과 단풍잎들
다 베낄 수 없어서

두툼한 노트 한 권
스웨터 한 벌 마련한 가을입니다

가을 강물 보러 왔는데
갈대만 보이는 계절입니다

반송되어온 편지묶음 같은 갈대들

세상 모든 감정 뒤섞여
뭐라 말할 수 없는 가을입니다.

내내 잘 입었던 여름옷들이 어느 날 갑자기 복사지보다 얇게 느껴지면 가을입니다.

은행잎들 물들기 시작하는 그 가을. 노트 한 권 같은 갈대가 필요합니다. 따뜻한 스웨터 같은 갈대가 필요합니다.

카프카식 이별 2

이별은 나쁜 게 아니에요
이별을 말하고 듣는 건 나쁜 게 아니에요
때론 말하는 쪽만 홀가분하고 받는 쪽만 상처라고
불공평하다지만

사랑도 다른 사람 다 두고
하필 나를, 하필 너를 사랑하는 불공평에서 시작되죠

사랑엔 처음부터 이별의 고통의 몫도
들어 있어요 아예 처음부터

죽을 때까지 그 몫 겪지 않으면 좋겠지만
그 몫을 써야 할 때, 그 몫을 받아야 할 때
서로 신사숙녀적이기만 하면 돼요

이별은 무작정 나쁜 게 아니니까
이별을 말하고 당하는 게 무작정 죄거나 잘못은 아
니니까

말 안 하고 살짝 밤도망하는 속임수가 아닌

이별을 말하는 건

유리창을 깨끗이 닦아 건너편에서 손을 흔드는 일
깨끗한 정직도 사랑의 용기고 혜택이에요

고통스러워도 두려워하지는 말아요

다른 사랑 때문에

혹은 카프카처럼 다른 사랑이 아닌
스스로의 고독과 불안과 눈물에
눈과 귀가 어둑해져
더는 사랑을 지속할 수 없을 수도 있어요

그건 때가 아니고 인연이 아니란 것일 뿐
시간의 잘못일 뿐
누구의 잘못도 아니에요

이별은 나쁜 게 아니에요
이별을 말하고 겪는 건 나쁜 게 아니에요

시를 이렇게 설명하듯 쓰는 건 나쁜 일일지라도

카프카의 연애와 결혼 애기는 시 「카프카식 이별 1」에 있습니다.

　　사랑은 반쪽을 찾는 일이 아닙니다. 반쪽 아니라 하나와 하나가 만나는 일. 그러다 어느 하나의 사랑의 감정이 변할 수도 있죠. 그럴 때 그걸 솔직히 애기하고 떠나는 것. 다행스럽고 떳떳하고 심지어는 고마운 일입니다. 이미 다른 사랑한테 가거나 이별을 생각하고 결정했으면서도 그냥 뭉개거나 피하는 게 비겁하고 나쁘죠.

　　물론 갑자기 '이별 당하는' 쪽의 고통, 엄청납니다. 그야말로 얼굴과 팔다리 온몸과 정신의 반쪽이 찢기고 뜯겨나가는 절반 분실의 교통사고의 고통입니다. 그러나 주위사람이든 의학과 종교든 온갖 도움을 받아가면서라도 내 몸과 내 정신은 어쨌든 '사랑할 때도 한 사람, 헤어질 때도 한 사람'인 내가 추스르고 회복해야 하지 않을까요?

삶의 새로운 오프닝을 위하여

유성호
(문학평론가, 한양대학교 국문과 교수)

1. 시의 기원이 된 삶과, 삶의 기록이 된 시

김경미의 시집 『카프카식 이별』(문학판, 2020)은, 짧은 순간 시인의 내면에 찾아온 언어적 섬광을 기록한 찬연한 '존재의 집'이다. 이번 시집은, 「서문」에서도 갈파되었듯이, 클래식 FM 라디오 프로그램 〈김미숙의 가정음악〉 방송작가이기도 한 시인이 매일 아침 한 편씩 오프닝 때 띄웠던 시편을 한자리에 모은 결실이다. '시집이지만 시집만은 아닌' 이러한 이채로운 결실을 두고 우리는, 아침마다 클래식 애청자들에게 들려주었던 김경미의 시가 꼼꼼한 활자의 옷을 입고 세상에 새로 나와 광휘를 드러내는 순간을 맞을 것이라고 상상해본다. 그 빛을 따라 우리 눈길도 충일하게 번져가고, 우리 마음도 오프닝 순간을 맞은 듯한 청신한 매혹으로 어떤 떨림을 경험하게 되지 않을까 예감해본다. 그리고 이번 시집은 자연스럽게 음악과 시, 소리와 언어가 결속하면서 만들어내는 향연으로 이어져갈 것이다.

시집 구성은 오프닝시를 먼저 배치하고 바로 뒤에 그 작품의 배경이랄까 작품 쓸 때의 마음이랄까 하는 것을 후화 後話 형식의 글로 담아 배치하는 방식을 끝까지 취하고 있다. 시인은 "그 멘트들이 시를 설명함으로써 시 읽기의 독자적인 감흥과 상상력을 훼손하지 않을까 걱정도 됐지만 상상력은 수학책이나 제품 사용 설명서 같은 데서도 자극될 수 있는 것이니까, 하면서 넣었다."라고 말했지만, 이 멘트들은 감동의 훼손이 아니라 오히려 감동의 구체성과 파생력을 선사해주는 역할을 하고 있다. 그만큼 '시'와 '멘트'는 단순히 작품과 해설의 관계에 머무르지 않는다. 어쩌면 동일한 제목 아래 펼쳐진 두 개의 작품이라고 보아야 옳을 것이다. 그 두 개의 심연을 건널 때 우리는 비로소 김경미 시의 목소리와 심장소리를 동시에 들을 수 있을 것이다. 그 안에는 시의 기원이 된 삶과, 삶의 기록이 된 시가 이형동궤異形同軌 형상으로 펼쳐져 있기 때문이다.

2. 세 번을 네 번으로 고치는 일은 없을

시인은 아침 방송에 걸맞은 시를 고르기가 여간 힘든 것이 아니어서 아예 매일 직접 쓴 시를 방송으로 내보냈다고 고백한다. 김미숙 씨의 뛰어난 낭송 실력에 실려 김경미의 시는 방송 형식으로 세상을 적셔갔다. 시인 스스로 말하는 "듣는 동시에 바로 날아간다는 점 때문에 안심하고 써온 시"가 스스로 아침 기운을 얻어 시인으로 하여금 "시적 치열함에 대한 새롭고도 진지한 감동"을 느끼게끔 해주었던 것이다. 그래서인지 이번 시집에 실린 작품들은 유난히 반복과 점층의 형식을 갖춘 것이 많다. 가령 시집 맨 앞에 실린 봄날의 오프닝 「봄에 꽃들은 세 번씩 핀다」를 먼저 읽어보자.

봄에 '세 번씩' 피는 꽃을 제목으로 불러놓고서 시인은 "필 때 한 번/흩날릴 때 한 번/떨어져서 한 번"이라고 그 '세 번'의 정체를 들려준다. 그런데 흩날릴 때와 떨어질 때는 꽃이 피는 장면이 아니라 꽃이 지는 순간을 묘사한 것이 아닌가. 그런데 시인은 흩날리고 떨어지는 순간에도 꽃은 피어난다고 쓴다. 그러고 보니 꽃은 "나뭇가지에서 한 번" 피어날 때 말고도 "허공에서" 흩날릴 때와 "바닥에" 떨어져 있을 때 비로소 누군가의 마음속으로 피어나는지도 모른다. 나아가 "봄 한 번"에 '세 번씩' 피는 꽃은 우리의 삶을 닮아 있다. 우리는 태어날 때 한 번, 지금 이 순간 흩날리면서 한 번, 마침내 죽음에 이르러 한 번 더 태어나지 않는가. 이렇게 리듬감 있는 '듣는 시'를 쓴 후에, 시인은 방송 나간 원고가 원래 '세 번'이 아니라 '두 번'이었고 그 내용은 "꽃 필 때 한 번/꽃 져서 한 번"이었는데 다음 날 '세 번'으로 고쳤다고 고백한다. '흩날림'이라는 무상하고 아름다운 몸짓을 한 번 더 개입시킴으로써 훨씬 더 깊은 생명의 존재론을 남긴 셈이다. 그리고 시인은 "세 번을 네 번으로 고치는 일은 없을 겁니다."라면서 "봄 한 번에 세 번씩 꽃을 피우는 나무들"에 대한 쓸쓸하고도 아름다운 헌사를 마감하고 있다.

「그들의 식사」에는 직박구리 새들이 벚나무 위에서 목련 꽃을 먹고 사슴들이 땅 위에서 벚꽃잎을 먹는 장면이 담겼다. 새와 사슴, 공중과 지상, 목련과 벚꽃의 대위법^{對位法}이 다시 한번 봄날의 풍경을 선사한다. "먹어도 먹어도"와 "봐도 봐도"의 협업도 만만치 않아서 그것은 결국 자연과 인간,

대상과 시선, 몸짓과 언어의 후속 데칼코마니를 이루어간다. 이처럼 시인은 자연 사물의 아름다움을 곳곳에 재현하면서 "저런 구름이 있는/오늘의 인생은 그것만으로도 완벽히 아름답고 눈부십니다."(「7월 7일의 한국 구름」)라고 말하고, "꽃향기와 비 올 때 나는 냄새"(「세상에서 가장 아름다운 질문」)를 맡을 수 있는 아프리카 소년의 마을에 지극하기 이를 데 없는 시선을 흘려보낸다. 또한 "물이 악기인 여름"에 불러보는 "보라색 하루살이 물달개비,/흰색 하트 무늬 물배추/앵무새 깃털의 물채송화,//물질경이와 물양지 물수선화"(「물꽃들」)는 그녀의 시선이 아니면 이 정도의 세목을 갖추기 어려웠을 것이다. 이렇게 김경미가 선택하는 자연은 자족적이고 정태적인 완결체가 아니라, 끊임없이 시인의 언어를 통해 인간의 삶을 환기하게끔 구성된 비유적 실체로 존재한다. 이때 사물과 언어를 이어주는 것은 그녀만의 기억과 감각일 터인데, 이는 삶을 가능케 해주는 현재적 힘의 원천이자 시인의 상상력이 구체적 육체를 얻어가는 핵심 원리이기도 할 것이다.

3. 손바닥에 적어둔다

물론 모든 기억과 감각이 다 기록으로 남는 것은 아니다. '기록'이란 어차피 모든 기억과 감각을 나열하는 것이 아니라 선택적으로 배열된 시간을 따라 그러한 기억과 감각을 응집하는 행위일 테니까 말이다. 이때 서정시는 보편적 삶의 이치에 대한 형상적 성찰 작업도 수행하지만, 더 심층적으로는 이러한 기억과 감각을 선택하고 배치함으로써 '시'

혹은 '시인'의 존재론을 기록해가는 특성을 띤다. 이는 아침마다 음악을 듣는 이들도 모두 잠재적 '시인'임을 느끼게끔 해주는 그녀만의 깊은 배려이기도 할 것이다.

「인간의 무늬」에서 시인은 "자연물에서 가장 선명한 무늬"를 하나하나 찾아간다. 우리의 기억과 감각에 선명하게 남은 '소라껍질', '솔방울', '장미꽃', '무당벌레', '얼룩말', '표범', '사슴'의 나선형, 점박이, 줄, 점 등의 무늬들이 세목의 진정성을 거느린 채 재현되고 있다. 그리고 시인은 '공작새'의 깃털과 '나비'의 날개에 있는 "눈동자 무늬"를 가장 신비로운 무늬로 각인한다. 그것은 인간도 마찬가지여서 "누구나/마음 한켠에/간직하고 있을 무늬"가 바로 "누군가의 눈동자"가 아니겠는가. 이처럼 김경미는 여전히 '자연-인간'의 순서로 가장 신비롭고 심원한 삶의 무늬를 노래해간다. 그리고 마지막 연에서 스스로의 무늬로 돌아오는데 "내가 가장 좋아하는 무늬는 수첩과 공책의 줄무늬"라는 고백을 귀띔하고 있는 것이다. 시인은 마지막 연을 뺄까 고민하다가 그대로 두었다면서 "수첩과 공책의 줄무늬가 제겐 저를 그나마 인간으로 살게 해주는 무늬라고 믿는다는 얘길 꼭 하고 싶어섭니다."라고 고백한다. 어쩌면 그 '줄무늬'야말로 그녀를 '시인'이게끔 했던 예술적 문양文樣이자 가장 신비롭게 육체와 영혼에 새겨진 문향文香이었을 것이다.

「적어두기」에서는 '눈동자 무늬'가 다가오는 순간을 손바닥에 적어둔다. 이때 '손바닥'은 모든 감동적인 순간을 기록하는 백지요, 모니터요, 우리의 기억이 쌓여가는 한 권의 일지日誌일 것이다. "선량과 기쁨의 위치를/침착과 짜증의 위치를/가야 할 곳과 가고 싶은 길의 위치를" 하나하나 정성스럽게 기록해가는 일은 시인 스스로 다짐했던 "새와 나비처럼 자유롭고 독자적이고 독립적일 것/고유할 것//고유하되/타인의 손, 끝까지 놓지 말 것"(「나를 위한 시」)이라는 강령에 가장 충실한 행동일 것이다. 그러한 마음으로 시인은 귀갓길 나무들에게도 "이 하루가 다 누구 덕분인지"를 적어둔다. 시인은 "꼭 글 쓰는 사람이어서 하는 말만은 아닙니다."라고 첨언을 했지만, 이는 어쩌면 글을 쓰는 사람이기 때문에 훨씬 더 절실하고 실존적인 순간을 발견할 수 있었음을 반어적으로 고백한 것일 터이다. 그러고 보니 이번 시집 안에는 예술적 정점을 세상에 남긴 작가나 예술가의 삶이 많이 녹아 있다. 물론 그들은 시인 자신의 미학적 분신들이다. 헤르만 헤세, 에밀리 브론테와 에밀리 디킨슨, 앙드레 지드, 조너선 스위프트, 알랭 드 보통, 라우라 에스키벨 같은 작가나, 고흐, 앤디 워홀, 모딜리아니, 쇤베르크, 프랭크 시나트라 등 예술가들이 김경미의 손을 통해 새로운 그들만의 자리를 얻는다. 이들의 예술 형식은 김경미의 '수첩과 공책의 줄무늬' 혹은 '손바닥에 적어두기'라는 자의식과 고스란히 한 몸을 이루면서 '시인 김경미'의 삶과 시를 예술적으로 구축해준다.

결국 김경미는 심미적 의식 아래서 표면과 이면, 빛과 어둠, 현상과 본질을 다 같이 읽어내야만 인간의 전全존재를 이해할 수 있다는 생각으로 시를 써간다. 감각적 희열 뒤에 피어나는 절망의 가능성을 읽어내고, 비극성 너머 있을 도약의 가능성을 놓치지 않는 그녀의 사유는 그러한 균형에서 가능했을 것이다. 치열한 예술가로서, 실존적 시인으로서, 투명하고 진정성 있는 독자와의 교감의 순간을 이루려는 아름다운 시쓰기의 자의식을 우리는 그녀의 시에서 선명하게 바라보고 있는 것이다.

4. 평생 가장 할 만한 일인 듯이

　김경미의 시는 삶을 향한 원심력과 스스로를 향해 들어오는 구심력의 균형을 통한 궁극적 긍정과 추인의 비밀이 담겨 있다. 이 모든 것이 특유의 사랑과 그리움으로 완성되어간다는 점에서 김경미의 시는 아침에 떠오르는 햇빛처럼 읽는 이들의 마음을 따뜻하고 환하게 비추어준다. 우리는 김경미의 주음主音인 '사랑'의 미학이 아침 공기를 가르는 순간을 「사랑하면 할 수 있는 일」에서 만난다. 그녀는 "사랑이 원하면 할 수 있는 일"들을 나지막하게 노래하는데, 한 그루 나무에 얼마나 많은 초록잎과 은행잎과 단풍잎이 달렸는지 세는 일이 마치 "평생 가장 할 만한 일인 듯이" 정성스럽게 목숨을 헤아려간다. 물론 그 어려운 일도 누구나 "사랑하면 할 수 있는 일"이 된다. 그렇게 사랑은 때로 "불가능한 일을 아무렇지도 않게"(「사랑하면 할 수 있는 일」) 만들어준다.

　나아가 김경미는 '사랑'의 동심원을 키워가는 순간을 '여행'에서 곧잘 발견하곤 한다. 그녀는 낯익은 일상뿐만 아니라 낯선 시공간에서도 사랑의 징후들을 줄곧 경험하니까 말이다. 그 점에서 김경미는 '여행'의 시인이다. 그녀는 "기차역은 원래 매혹적인 단어가 많은 단어집"(「그 국경의 기차역엘 가고 싶다」)이라고 노래하거나, 루마니아식 보자기를 쓴 할머니, 비행기에서부터 캄보디아까지 따라온 나비, 스페인에서 바라본 모녀의 세레나데까지, 그녀가 만난 여행의 시공간은 모두 '시'가 된다. 그러니 자연스럽게 "사람은 다 다르다고 생각하는 사람과/사람은 다 같다고 생각하는 사람이 있다는 걸//배우는 학교"(「여행 학교」)라고 '여행'을 노래하는 것이 아닌가. 그리고 그렇게 훌쩍 떠나온 여행은 '사랑'과 '이별'이 한 몸임을 알려주기도 한다.

　시집 표제작인 「카프카식 이별」은 "그만두자고 일방적으로 상처 주고 떠나온 여행"이라는 상황을 전경前景으로 삼고 있다. 그런데 시인은 시베리아 횡단열차의 3등석 좁은 2층 침대 윗칸에서 정작 상처를 준 자신이 더 고통스럽다는 것을 절절하게 깨닫는다. 자신이 통고한 이별이 더 고통스럽다는 역설을 발견하는 것이다. 상처는 받는 사람보다 주는 사람이 더 크다는 것을 노래하는 역리逆理의 순간이 아닐 수 없다. 시인은 이러한 상황을 두고 '카프카식 이별'이라고 명명하고 있다. 「카프카식 이별 2」를 보면 "카프카식 예민함"이란 세상과 절연했다가 홀로 상처받고 화해하고 사람들 마음에까지 고통을 전이시키는 이별의 방식을 말하는 듯하다. 시인은 그게 '카프카'가 되는 일이라면 백 번이고 천 번이고 그것을 더 크게 키우고 싶다고 농 반 진반으로 말하지만, "사랑엔 처음부터 이별의 고통의 몫도/ 들어 있어요 아예 처음부터"라고 자신이 겪은 경험을 쏟아부음으로써 스스로도 그러한 이별의 속성에 공감하고 있음을 토로한다. 은은하게 번져가는 김경미식 '사랑'과 '이별'의 존재론이 아닐 수 없다.

5. 낡은 구두를 버리듯이

　김경미의 시는 이러한 직관과 지성의 활동을 결합시켜가는 예술적 상상력의 복합적 구성체로 다가온다. 이런 과정을 통해 시인은 자신의 기억과 감각을 항구적으로 보존해가는데, 그렇게 표현된 기억과 감각을 통해 새로운 삶을 선택하고 변형해가게 된다. 「새벽의 만원버스」는 김경미의 시 가운데 상황과 인물의 구체성을 가장 견고하게 갖춘 사례로 남을 작품이다. 이 시편은 스스로의 노동으로 새벽을 열어가는 이들에 대한 발견과 사랑의 서사를 담고 있다. 뜻하지 않은 증차로 인해 훨씬 더 자주 오는 버스를 타게 되었다는 사실을 발견한 시인이 '새벽의 만원버스'를 타고 새벽을 열어간 분들이 잘 살아야 "사회 전체가 인정미와 건강미를 회복할 수 있는 게 아닐지"라는 소망을 드러낸 것이다. 그리고 "열심히 사시는 그분들의 삶이 갈수록 크게 크게 나아지길" 희원하는 시인의 마음은, 아침 방송을 듣는 수많은 착한 이웃들에게 전하는 타자 발견의 순간을 담고 있다. 그녀의 시에서 그들은 "마음이 유난히 따뜻한 사람들"(「온도계」)이나 "샐러리맨 담쟁이들"(「월급쟁이 담쟁이」)로, "그 시절/다다다닥 더 연하고 순하고 가난하고 상처 많고/정겨웠을 것 같은"(「온통 순이들」) 눈물겹고 아름다운 삶을 살아간 동시대의 타자들로 확장되어간다.

마지막으로 우리는 「세 켤레의 짐」과 「낡은 구두를 버리다」를 읽어본다. 여기서 '신발/구두'는 삶의 여정을 환기하는 은유적 상관물로 등장한다. 먼저 시인은 '신발' 세 켤레를 노래한다. 가벼워 걸음도 경쾌한 "첫 번째 신"은 멀리 걸을 땐 조금 불편하다. "두 번째 신발"은 가볍지도 무겁지도 않다. 마지막 "세 번째 신발"은 무거워서 걸음이 힘들지만 험한 산에 오를수록 가볍고 든든해지는 장점이 있다. 시인에게 "그 세 켤레 신발"은 어느 것도 소홀히 여길 수 없는 소중한 존재들이다. 마찬가지로 시인은 삶에서도 "가벼워서 좋은 짐 무거워서 좋은 짐/무게 다른 짐"처럼 "아끼는 짐 세 개"가 있다고 고백하는데, 이때 '신발'은 결국 삶의 '짐'으로 은유되면서 우리의 삶이 신발을 신은 채 각자의 몫을 지고 걸어가는 여정이라는 형식을 띠도록 만들어준다. 그런가 하면 시인은 "낡은 구두를 버리는" 행위를 통해 삶을 다시 정비하고 스스로를 벼려가는 과정을 보여준다. "낡은 구두"는 습관처럼 오래도록 지켜온 삶의 기율 같은 것이어서 그것을 버리는 것은 "옷을 버리는 것과는 또 다른 일"이다. 비유컨대 그것은 "다 치른 시험지를 버리는 것 같은/줄자처럼 따라온 끈을 버리는 일"이다. 오랜 세월을 품고 있는 "나만의 세계를 버리는 일"은 그야말로 "낡을수록 보관하고 싶은 기억들"을 지우는 일이고 궁극적으로는 "더 많이 깃들어 빛나는" 한 시절을 버리는 것이기 때문이다. 이처럼 김경미는 삶의 탐구를 통해 자신의 시적 수심水深을 들여다보는 시인이다. 이러한 시학적 표지標識는 새로운 존재론적 생성을 예비한다는 점에서 진취적이며 자각적이다. 우리는 이때 시인의 깊은 사랑과 그리움이 개입해오는 과정 자체가 그녀의 '시쓰기' 과정이라고 말할 수 있을 것이다.

지금까지 읽어온 것처럼, 김경미의 시집『카프카식 이별』은 시인 스스로의 존재론과 삶에 대한 깊은 사유와 감각의 결실로 다가온다. 또한 그것은 아프게 통과해온 시간에 대한 재현과 치유의 기록이자 지상의 존재자를 향한 지극한 슬픔과 사랑과 그리움을 토로하고 앞으로 펼쳐질 삶에 대한 실존적 의지를 밝힌 더없는 진정성의 고백록으로 남을 것이다. 우리는 김경미의 '시'와 '시적 후화'를 함께 읽음으로써 시를 '듣는 것'과 시를 '읽는 것'이 다른 일이기도 하지만 결국 하나의 일임을 깨닫게 된다. 김경미 시의 기원이 된 삶과 함께, 삶의 기록이 된 그녀의 시를 한꺼번에 만나

게 되기 때문이다. 오늘도 그녀의 시는 따뜻하고 투명한 목소리의 파동으로 모든 이들의 아침을 쑥쑥 일으켜갈 것이다. 그리고 그 순간은, 그녀 스스로에게도, 삶의 새로운 오프닝을 위하여 열어가는 아름답고 눈부신 아침이 되어줄 것이다.